寶島歷史輕奇幻

祕符承傳 歿世脈

台嶼符紋籙 著

歷史地圖上的桃園

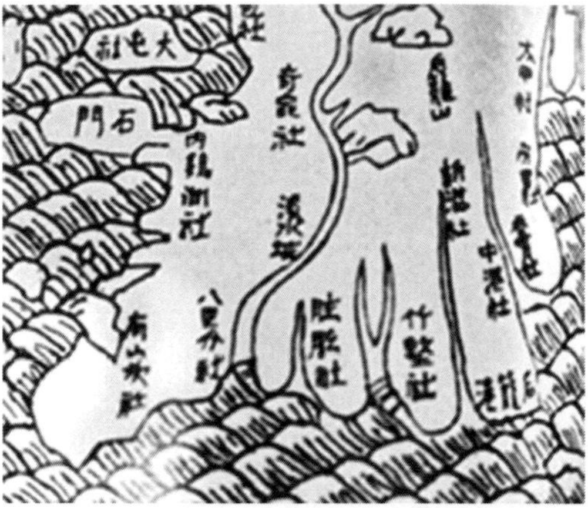

康熙23年（1684）
台灣府三線圖

康熙35年（1696）
台灣府志總圖

雍正原年（1723）
台灣輿圖

本書情節區域圖

許厝港溼地

元帥廟（五福宮）

虎茅庄的蘆葦草（盧竹）由菜寮架子可推測高度

由大溪、崁頂鄉仰望大湳崁

偽娘無罪，奇幻有理——台灣歷史的惡趣味

／何敬堯

翻讀此書，直讓人拍案叫絕！原來台灣歷史也能有腦洞大開的無限可能，讓人不禁莞爾一笑。在面對曩昔的海島歷史之時，這本小說提供了迥然不同的「惡趣味」的閱讀饗宴。

偽娘、貓耳、劈腿……諸多新世代的網路用語、次文化觀點、ACG術語，有誰能想到這些台詞，會出現在兩百多年前的台灣故事呢？作者以輕小說的輕盈筆法，立基於真實歷史，重塑出另一座幻想世界。

或許有人會質疑，這些「太過超越」的用字，使用在歷史背景小說上，究竟適不適合？但歷史本來就無絕對，而只是相對的立場，若能以現代人容易理解的觀點，重新詮釋、解讀過往的歷史文化，是否也能更貼近現代人的閱讀口味呢？

台嶼符紋籙的《寶島歷史輕奇幻：妖襲赤血虎茅庄》、《寶島歷史輕奇幻：祕符承傳歿世脈》，以一七四一年的台灣時空為背景，鋪述著漢族文化、原住民故事、大肚王國、分類械鬥、反清民亂等等史實，卻不拘束於傳統的寫實主義，而以輕小說、奇幻小說、武俠小說的架構，佐以詼諧逗趣的情節、幽默無厘頭的現代用語，翻轉出一部不可思議的台灣奇譚。

故事初始的地點位於「虎茅庄」，也就是現今桃園市在乾隆時代的舊稱，光緒年間才改名「桃園」。虎茅庄一帶，是霄裡社與泰雅族等原住民族散居之地，也是漢族開墾的地域。而位於桃園北部的「萊

崁」，在荷蘭時代稱為Lamcam，清代則稱為「南崁四社」，包含坑仔社、南崁社、龜崙社、霄裡社。

小說開端，在虎茅庄開拓圳渠墾地的客籍漢人郭光天遇有難題，所以邀請了多年友人前來家中作客。這位友人來頭可不小，是一名曾參與過朱一貴民變起義的江湖傳奇人物，家世所學承襲玄學、五行數術、奇門遁甲，但兵敗後只能隱姓埋名，平時依靠著「英家老爺」的名號暗中行走於世。

故事至此，中規中矩，似乎還符合著台灣歷史的發展脈絡，但是當郭光天眼神低垂，向英家老爺述說：「老友啊……這裡有妖怪！」劇情瞬間急轉直下。

原來是郭家與原住民部落交易皮貨的使節團，竟然意外在大姑陷（現今的桃園大溪）集體被殺，懷疑是妖怪作祟。英家老爺接下了這樁「斬妖除魔」的任務，在與泰雅族人一同面對恐怖的「人頭妖怪」的伏擊。

在泰雅族的神靈觀念，信仰「超自然的存在」（rutux），森丑之助曾解釋「rutux」即是「靈魂、神、妖怪」的意思，而此詞意涵也包含「祖靈」、「鬼怪」、「惡靈」、「過往的英勇領導者」，涵蓋的範圍非常多元。而在小說中，英家老爺與泰雅族人聯手，與人頭魔物對抗的情節，也不禁讓人聯想起日治時代的官方文件《蕃族調查報告書》，所紀錄的一則「人頭妖怪」（泰雅族，角板山社）的傳說：

> 昔時，有個人前往山中，眼見天色已晚，遂在山中小屋夜宿。睡夢中彷彿聽到有人走來，因而驚醒，並看到來者只是一個人頭，沒有身體。他嚇得大聲吆喝：「你是什麼東西，竟敢跑來這裡！我看過的人頭不下百個，區區的你算什麼，還不快滾！」

之後，把隨身攜帶的菸草扔了過去，人頭遂在剎那間消失無蹤。

（大嵙崁蕃，報導人：角板山社Iban Pruna/Syat Pruna）

不過，實情究竟如何？難道人頭妖怪與泰雅族傳說的邪惡巫師有關，抑或是不知名的鬼怪所化身？故事當然不只如此而已，作者台嶼符紋籙反而不拘泥於古書文獻，而以另一種創新的觀點，融合國族寓言，重新編寫出屬於台灣島嶼的「飛頭蠻」故事。

回顧台灣歷史小說的發展，台灣第一本歷史小說創作，是清代江日昇所作《臺灣外記》，介於史冊與章回小說，講述鄭氏家族的興衰。在日治時期，西川滿的作品《赤嵌記》、〈龍脈記〉，則以台灣歷史時空為寫作素材，致力於台灣民俗與歷史的創作。而在戰後，對於戰前殖民經驗的傷痕書寫與記憶探索，則仰賴於鍾肇政、葉石濤、吳濁流、李喬、東方白、姚嘉文等作家的努力，書寫主題則大致上包含抗殖民精神、族群融合、祖先拓荒、家族傳承等概念闡發。

不過，到了今日，台灣歷史小說能有何種發展？

除了傳統寫實主義的筆法之外，歷史書寫其實也能以「類型文學」的風格來進行鋪陳，或許反而更能貼近現代人的感官經驗。歷史背景小說的「輕量化」，在亞洲其他國家的文學發展中早就是常態，否則怎麼會有中國的《步步驚心》、韓國的《成均館緋聞》……這些趣味精彩的歷史題材小說、電視劇？而台灣的歷史背景小說，是否也能往奇幻的風格發展呢？

台嶼符紋籙的《寶島歷史輕奇幻：妖襲赤血虎茅庄》、《寶島歷史輕奇幻：祕符承傳歿世脈》，為台灣的讀者們提供了一個觀看歷史時，充滿無限可能的幻想視野，期待這本書能開拓歷史書寫的嶄新境界。

妖、巫、死神戰士構成精采絕倫的奇幻小說

／亞斯莫

接到這部小說當下，才看一頁，便從午夜端坐桌前至艷陽高照的正午，終於看到了一個結局。但，這故事真的結束了嗎？

這個故事講述了一個極為有趣且具歷史價值的事情。其中人物牽涉許多台灣寶島上發生的史實，卻用了一個奇幻的架構來鋪陳。設若歷史課本能夠這樣寫，必定不會是枯燥乏味的刻板教條。

故事中講述魔神雅流傳下來的大語符紋，竟是今日中原已失傳的古音、真正的正統古語？女主角英娜在藤樹神及前翰林大學士的引領下，將大語符紋變成既強大又具實戰的工具。雖然僅只運用了幾個符紋，卻足以使混戰中失利的一方，得以取勝。

另一方面，打著「反清復明」旗號的赤蓮軍，用「漢奸」的罪名屠殺漢人墾戶及阿泰雅族人。而掀開這場神、妖、巫及方術之戰的第一人，就是陳蓋。她以十分惡毒的妖法：「飛頭蠻」屠殺漢人與阿泰雅族人。連法力高強、武術深厚的英家老爺，也差點無法保全郭遵一家人的性命……其幕後的真正主使者，竟然是「墮天使」？

阿泰雅族的戰士加禮竟可以入贅英娜，還任由她選擇多夫，而不生妒忌。這種以母系為主的部落，其禮數令漢人大開眼界外，內心卻無法全盤接受。

奇幻故事中還加入諸多考據，如：開海、鑿號的建立、淺談泰雅族、泰雅語有關一天的時間、歷代打出天地會旗幟的民亂、南崁社、坑仔社早期紀錄、新竹七姓公、有關平埔族婚姻相關記載與文件、結音尺牘、大肚王國簡史、謎樣的王世傑小傳、開拓新竹的時間爭議、人神契約、符紋的三十個母音對照表等等，令讀者在看故事的時候，還可以邊理解台嶼符紋籙為讀者精心蒐集的詳細的史實考證。

不過，我努力研習半天，還是對大語符紋每一個子音或母音，以及其相對應的數字，完全沒有概念，可見這套失落的古語，其複雜程度，著實該花功夫研究一番。

令人欣慰的事，便是台嶼符紋籙實際參與了這套古語的彙整工作，至今仍舊埋首其中。

但其繁忙之餘，還將這個古語運用在故事中，增添許多趣味。

而其中幾個令人遮眼的幾個角色，以峨嵋的淫蕩尛玉師太，其淫蕩的行為，真令人大開眼界！而四大女徒：福女（腐女）、虞尷（魚乾）、月時（肉食）、唄呟（敗犬），也各有其令人咋舌的噁心途徑。

除了正與邪相對立的角色外，「忠皇義民青八旗」的護法長老林碧山，這人行徑令人可以感受到「處在夾縫中求生存」的難處。這位前翰林大學士，雖身為清朝的要官，但其心中，依舊懷念著失去的古音，只可惜，為人臣子，建言在君主耳中不過猶如東風，其一統天下的立場也令這位前朝老臣，只能揪心嘆息。回想起，秦始皇為一統天下，焚書坑儒、統一文字，就是為了展現其不可侵犯的權利；再者，武則天當政，立下：「則天文字」（則天新字、武后新字），意在樹立權威，就是因為相信文字具有統治思想的力量。武則天立下的共有十二字，像是：「曌」、「埊」、「𠥱」、「𢘑」等等，當其失去權力後，這些字便不再使用。

歷代皇帝，總是想做些事情，以彰顯自己的威權，造新字、去舊語，已不是罕見之事。本故事中，大語符紋這種古語，就在朝代演變中，逐漸失去傳承，漸漸成為一種無人知曉的語言。如今，究竟已有多少文字及語言，已經完全消失殆盡了呢？

台嶼符紋籙發表有關《大語符紋路》的系列小說，目前已完成的有《大語符紋路：歿世第一日》、《大語符紋路：乾隆十年・三座厝》、《大語符紋：萬字對照表》、《大語符紋路：歿世第二日》、《大語符紋路：歿世第三日》以及於今年陸續出版的《寶島歷史輕奇幻：妖襲赤血虎茅庄》、《寶島歷史輕奇幻：祕符承傳歿世脈》。

十分期待這套書，能夠全部出版實體書。畢竟，其中的「大語符紋」乃是曾經出現過的失傳語言，透過故事加上考據，應該對於這套曾經流傳過的語言，有更深刻的印象。

這個故事中的各個具有特色的主角，如：死神戰士壺麗，竟是一個男扮女裝的偽娘；還有寶島傳說中的死神代理：紅羽異鳥；阿泰雅族的熊之勇者；藤樹神；貓妖佬密氏；歿世之王；斬妖除魔的英家老爺……為這個故事增添許多笑鬧又壯烈的情節。

最後決戰，真是驚天地、動鬼神。正邪之際，究竟是將利益視為標的？還是真的把國族地位擺在首要之事？

自己人互相殘殺的結果，人性光明面與黑暗面就在一念之間迴轉。

衷心推薦這部小說給所有喜歡奇幻小說的讀者，在閱讀過程中，將是一場蕩氣迴腸、謎團不斷的驚喜閱讀。

先撇開一些晦澀難懂的「大語符紋」，讓我們盡情享受小說中精彩的鋪陳與充滿無限幻想空間的打鬥場面。

——序於書齋

目次

前情提要

二十六年前，朱一貴自號「中興王」，在天地會扶持下，希望在這海島復興「大明王朝」，卻不敵朝廷而戰敗。

如今、被認為是天地會中激進派的「熱血正漢赤蓮軍」又出現在海島北方的虎茅庄，而且濫殺無辜示威，並揚言要找到「魔力之源」，完成復興漢族，建立新帝國的大業。

當地漢人墾戶、郭樽的主人、郭光天和身為頭號護院的英家老爺，本希望利用自身和天地會的關係，在這場紛爭中保持中立。沒想到借住的客人——林碧山，卻是朝廷暗中對付赤蓮軍的王牌，「保皇義民青八旗」的領袖。隨著青八旗被赤蓮軍擊敗，眼看郭樽就要面對這群狂人的報復了。

同一時間，英家老爺的孫女、英娜。卻在機緣巧遇下，到到了奇怪的偽娘——壺麗，傳說中的神鳥「小紅」，更蒙獲千年藤樹神傳授法術「大語符紋」。

然而這一天卻因為捲入壺麗和小紅的爭執，而迷失在山中。意外的發現赤蓮軍竟捉到了前龜崙部落的頭目遺子、大农。

佬密氏出手

回到故事稍早。

天才剛亮、卻是一片肅殺之氣！

自認有真正純正漢人血統的熱血正漢赤蓮軍。由陳蓋和大痴帶頭，後方還跟著巨猿朱厭。誓要血洗郭樽，作為幫助漢奸的懲罰！

但才到虎茅庄的西側，因為長有茂密蘆葦草、而被稱為蘆竹的所在。卻看到一人站在前方等候。英家老爺雙手懷抱、向前緩緩一拜。態度可說是恭謹又誠懇，幾乎可用「卑躬屈膝」來形容：

「各位承擔漢族未來希望的熱血正漢，老夫在此恭候多時了。」

換成其他人，可能會被當成膽怯求和。但號稱黑水溝兩岸第一奇人的英家老爺擺出如此態度，那就讓人不免懷疑是否有何詭計。

大痴：「你這吃裡扒外，協助漢奸的牆頭草！還有臉在光天化日下，站在陽關大道上？還不快找個骯髒的茅坑，躲進去反省？」

哇！原來這和尚這樣會罵人？

英家老爺都不由得讚了一聲：「好口才！」

隨即雙手還拜：「這次郭樽之所以收留林碧山先生，是因為對方用退休學者的身分前來。沒發現隱藏身分是朝廷的鷹犬，這點確實是郭樽有疏失。但並非有意，也無法看穿對方的謊言。如果有造成各位民族英雄的不便，本人先在這裡向各位英雄致歉。」

說完再次做個四方揖：「有關賠償的事宜，也已和總會方面商議了。總會同意……」

陳蓋：「別拿總會來壓我！你這老頭上次讓我出了那麼大的糗！就算天王老子出面、老娘也要將你碎屍萬段！」

也才一下子，這群「正漢」已將英家老爺圍了起來。但畏懼這老人的戰力，都保持了一定的距離。眾人圍了一個大圓，正面是怪獸朱厭和殘忍的女子。

然而看在眼裡，英家老爺卻沉著應對，心想：「好，一切照計畫進行。」

這時腳邊竟有人輕聲說道：「搞不懂你們漢人？」（阿泰雅語）

完美的隱藏在一旁草叢中的，是達吉斯・都奈。此時用狐疑的語氣說道：

「即使聽不懂、也知道他在罵你，你還稱讚他？你們漢人真搞不懂！」（阿泰雅語）

英家老爺小聲回道：「要你理解還真難，拜託先躲好！」（阿泰雅語）

就在這時陳蓋取出一只皮袋，丟出數十粒像是橘子般的小球。不一會竟在半空脹大成為妖怪、飛頭蠻！只是和晚上所見的比起來，卻是乾乾扁扁的。

英家老爺心想：「原來那是人頭風乾後，容易隨身攜帶，還真方便。但看來白天似乎妖力較弱。」

卻聽得陳蓋一聲怪叫，四周土壤中忽然冒出陣陣噁臭。那是瘴氣、屍臭、和腐敗氣體的集合。原本乾扁的飛頭蠻，在吸入瘴氣後型態突變！不但臉頰肌肉橫生，還長出鱗片與尖角、表情更變得兇悍猙獰。

陳蓋大喝一聲：「上次竟敢耍我！這次有師傅加持，新練成的『鬼腐飛頭屍妖』讓你見識我的新力量，一定要將你啃得屍骨無存！」

英家老爺：「讓妖物吸收瘴氣是能增強力量。但所驅使的妖怪力量增強，相對也影響其主人的精神狀況。陳蓋妳現在一股黑氣罩頂，再不多時只怕內心將被妖鬼佔據喪失人性。聽老夫一言，罷手吧！」

其實陳蓋自苁玉師太傳功後，就浮現一股詭異面相。在一旁的大痴也感受到這股邪氣，只是礙著同伴的面不便提場。此時聽英家老爺一說，也不禁心中一寒，但隨即勉強提氣叫道：

「英家的你逃不了了！知道厲害的話還不自己了結，省得我們麻煩！」

而躲在英家老爺一旁草叢的達吉斯・都奈小聲說道：「喂，準備打了嗎？」（阿泰雅語）

這傢伙，腦袋只剩下打架嗎？英家老爺唯有小聲地回話：「先等一下。待會有的打。」（阿泰雅語）

隨即調整一下腔調說道：「如果老夫獻上自己的人頭，各位英雄是否能饒過郭家的老小呢？」

「休想！」

陳蓋：「先把你這老頭碎屍萬段！再將郭樽一家所有人的頭都砍下來，作成最悲慘的飛頭蠻！讓世人知道，我大漢民族的意志，是不可侵犯、不可阻擋的！哈哈！哈哈哈哈哈！」

最後的笑聲尖銳、邪異、而且不正常的刺耳！任誰也看得出，妖氣已經開始扭曲她的性格！

卻聽英家老爺嘆了一口氣：「好吧。那就這樣了。」

咦？居然放棄了？大痴心中警覺急升！沒有詐，就有鬼了！

但是陳蓋卻被復仇心蒙蔽了理智！一揮手，飛頭妖怪群便向英家老爺咬去！一瞬間竟將人人稱頌的高手咬成碎片？但隨即發現不對勁！仔細一看，飛頭妖怪們咬碎的居然是……土人？

同時間、巨猿朱厭的腳下忽然出現了一個大洞，朱厭整個陷了下去。洞窟下竟是泥沼，即使巨猿朱厭極力掙扎，無奈竟是越陷越深。

一眾赤蓮軍還未來的及反應，周圍忽然爆聲連連，出現火光與濃煙！直到這時才發現只顧著包圍敵人，卻沒發現自己踏入了複雜的蘆葦草叢中。而且更被一整圈的火焰由外包圍！「束」的一聲，一個赤蓮軍更被後方射來的竹槍刺穿！

大痴驚呼：「有陷阱！所有人執生！」

但才說完，一道凜烈刀氣卻劈空砍到。大痴四隻飛劍齊出硬擋這一擊，卻也被反震力打的飛退！

陳蓋：「是英家的老頭！往哪裡跑？」

能打出這刀招的只有英家老爺，陳蓋尖叫一聲，飛頭蠻立刻往來襲的方向殺去！但幾乎同時，又是一招劈空刀氣由後方砍到！還未反應，另一刀氣竟抓準時間差由左方砍到！

陳蓋嚇了一跳：「難道不只一人？」

急忙招喚飛頭妖怪擋在兩旁，只聽時「棒、棒」的二聲，妖頭被刀氣打得亂飛！但吸收瘴氣所長出鱗片的確有效，竟絲毫無傷，還飛回來繼續作戰！

大痴不禁心想：「苡玉師太的傳功果然不凡！今晚『努力』一點，看師太能否指導一些。」

然而戰場沒時間亂想，這邊朱厭才要爬出泥洞時，忽然一股火油的味道衝鼻，驀地轟然大響！底下居然燒了起來！一下子將這巨獸灼得怪叫，又跌回洞裡。煙霧、火光、噪音讓這群正漢慌亂不已。混亂中，更夾雜著強烈的刀氣和竹槍不時從四面八方進攻，正漢們也成了無頭蒼蠅般亂轉。

但大痴連擋幾刀，卻忽然醒悟：「那早該衝進來決戰了。為何只在外面圍攻？」

心念一動，立刻踏飛劍衝上半空。往下一看，發現正好環繞著戰場的火牆外，有十數個五呎大的八卦法陣。英家老爺和達吉斯・都奈繞著整個戰場急奔。不時跳入其中一個法陣，人立刻出現在對面的法陣。發動攻擊得手，立刻又跳入另一個法陣。於是赤蓮軍眾面對四面八方的外線攻勢，成了只挨打的局面。但其實整個戰場只有兩個對手而已！

大痴：「中計了！這是對方設置好的場地！所有人先撤出戰場……哇！」

話還沒說完，一個石彈不偏不倚命中。將大痴打得頭昏眼花，從空中掉落。

英家老爺大喊：「罵押！」（阿泰雅語「跑」，發音：mgyay）

本來是提醒同伴快點逃走的，卻聽到達吉斯・都奈發出歡呼的聲音。還對敵人做出挑釁手勢，才轉身逃走。

「似乎是和了不起的人聯手了啊，實在是年輕而有活力的戰士。」

英家老爺心生感嘆。後方卻是一聲巨吼，連大地也震動不已。朱厭蠻力爆發，一股腦將地洞的周圍整個都掀飛去。著火的泥土，還壓傷了不少赤蓮軍。但朱厭總算是脫離了困境，而且看來沒受什麼傷。

英家老爺喝道：「來吧！看老夫怎麼對付你們！」

話說得慷慨激揚，倒也是轉身就走！

原來英家老爺的土行法術，特別適合製作陣地陷阱。這地洞和火油，是這幾天就先設置好，以備不時之需。沒想到這麼快派上用場！用土人泥偶引對方進入陷阱，第一時間的突擊，可打得敵人不知所措！當然，等到稍微冷靜，己方一定寡不敵眾。這時就盡可能逃跑！

英家老爺心想：「若只是逃跑、我和達吉斯・都奈應沒問題！等他們發現追不到時，郭樽的人應已撤退，就算達到目的。」

然而才逃出幾步，一股更強大的氣壓忽地壟罩全場。

「還有高手？」

只怕是對方的增援部隊！英家老爺心想，現在先脫離戰場為妙。

「英家的！自號純正漢人、霸佔土地、騷擾安寧、汙染大溪頭水源的，就是這群混蛋嗎？」

後方傳來的卻是熟悉的聲音？英家老爺一回頭，恰好看到一個赤蓮軍士兵，竟然由頭上飛躍而過！在另一邊居然是萊崁部落的甲頭、夏胡立，雙手各持一支等身大圓藤盾。而肩上坐著一位白髮、全身只罩著一件寬鬆大衣的，正是幼女土目——佬密氏。

只見幾個赤蓮軍士兵衝了上去。但夏胡立憑著過人的體型與重量，大盾一晃便將來人撞飛。不但如此，佬密氏右手一揮，居然搧出十級狂風！在這些人落地前，將之高高捲起，丟到遠遠的另一邊去。看來就算醫好，只怕也要終生漏尿。

英家老爺更發現，這佬密氏左手掌心朝天，上方有一隻紅羽、鴿子般大小的鳥。此時正極力想飛走，卻像是被隱形的鎖鏈綁著一樣，拼命拍翅也飛不去。

不知何時靠過來的達吉斯・都奈卻大叫一聲：「齁逆・嘎巴坦尼亞！」（音huni qbhniq）

這一隻是阿泰雅傳說中的邪鳥？英家老爺心念電閃！昨晚抓走壺麗、加禮和英娜的就是這傢伙？

佬密氏：「英家的！這紅毛的青瞑（瞎眼）敗咖（跛腳）昏鳥（鴿子），替英娜小姐帶訊息過來了……哎呀！你這死鳥仔敢『覷』我？一眼一腳的，哪裡說不對嗎？」

說話間，佬密氏右掌往前一揮，前方空氣竟凝聚成為氣牆。堅硬更可堪比鋼鐵，將大痴的飛劍和陳蓋的飛頭妖怪都擋了回去。然而一聲爆吼！開戰以來一直沒有表現的朱厭，此時用盡全身力量，高舉雙拳往佬密氏槌下！

眼見氣牆難以擋住，佬密氏手掌一翻，食指捲在拇指下方連彈。射出幾道又細又勁的氣箭！不偏不倚打在朱厭的臉和眼睛上，即使體型相差懸殊，巨猿卻不得不掩面而退！

「只痛不傷嗎？這大猴子蠻厲害的嘛！」

佬密氏於是一跳而起，便浮在半空之中？眼見這白髮幼女，身上大衣被吹得亂飄。雪白的幼女肉體，在強風中更顯的纖細消瘦。但英家老爺心中卻是升起不祥的第六感！

這時佬密氏臉上長出一層細細白色纖毛、耳朵更伸長有如貓耳？仔細看去更發現，那沒穿褲子的纖細大腿下伸出的幾隻像是貓的長尾。而且地上的夏胡立，卻捲縮著身子趴了下去，更用二面大藤盾將全身都罩了起來。抬頭一看，半空雲端竟急轉如漩渦，一條龍捲更夾著冰雹和雷電往地面延伸而下！

英家老爺急忙抓住達吉斯・都奈，大喊：「土行借法！入坑！」

一腳踏去，地面立即陷下成了大坑。接著二話不說，抓著同伴便一齊往坑內跌去。耳邊只聽得風聲撕裂爆響！夾雜著一眾赤蓮軍的驚呼聲和朱厭的哀號，但是佬密氏的叫罵卻穿透噪音！

「你媽媽沒教過嗎？大人講話不准亂插嘴！」

結果就是連巨猿、朱厭都被龍捲風捲上半空！即使遠在山中的三痴等人和赤蓮軍，都只能呆然地看著這副奇景。而沒有察覺躲在一旁的英娜一行人！

眼看這群自命正統漢人的大人，居然將大农（音：Tanu），綁住後就直接在地上拖行！只見來路竟是一條血痕直直連到盡頭，由一旁看，實在無法斷定大农是死是活！英娜咬了咬下嘴唇，先和同伴們退到後方。

英娜：「我們必須救那個大农，應該辦的到吧。」

營救大农

難得的，這次卻遇到了反對的意見。

壺麗：「主人……我對這個傢伙感覺很不好。陰陰沉沉地，不要管他好嗎？這傢伙上次還想殺主人耶！」

英娜：「那次的事我不計較啦。總之，他快死了耶！當然感覺會不好呀！」

單憑感覺的話，眼前這偽娘更糟糕吧？但沒想到另一位被拯救的人也有意見！

林碧山：「英娜小姐請別責備這位小妹妹（？）了。雖然這句話由在下來說，立場有些不妥。但老夫的確感到那位小男孩，有著異常黑暗的靈魂。請英娜小姐再考慮一下吧。」

「沒得說！」

英娜不知為何？對這個曾經意圖殺死自己的小男孩。非常的執著：「要不我自己去救人，要不一起去。隨便你們！」

都說到這程度了，當然也沒人能再持反對意見了。其中只有加禮一言不發。不論英娜做什麼決定，這位戰士都支持到底。

當這群赤蓮軍正漢，因為眼前局勢產生變化，而爭論著是否要放棄任務，先回到安全所在時，前方路上忽然跑出二個小女孩？

仔細一看，這不是英娜和壺麗嗎？

英娜：「準備好了，丟吧！」

「壺麗遵命！呀呼！」

高呼一聲！這壺麗反手由旁邊一拉，竟然扯出一隻約大人高、枝葉茂密的斷樹！抬手一擲，這斷樹竟高飛而起，被丟到赤蓮軍的上方。幸好速度不算快，也不是沒地方躲。於是赤蓮軍眾本能地走避讓開，但這時卻聽到壺麗大喝。

「看招！少女的熱情注視！」

英娜也配合，使出所會不多的法術！

大語符紋：

（火 hué）

二人同心協力，這斷樹居然在半空轟然燒了起來。這下原本還想緩步避開的赤蓮軍，急忙往旁邊奔跑跳開。壺麗此時撿起一塊大石頭，哈哈笑道：「看你們跳的和青蛙一樣。看招！」說完便全力投出石頭。這怪力女（？）的全力出擊，石頭威力幾可比擬炮彈！在半空的燃燒斷木被射中，立時爆成瞞天碎屑！煙霧瀰漫四周，即使久經戰陣的赤蓮軍也一時不知所措。

磅！一聲大響，煙霧也被吹散。卻是五痴的義肢鐵炮爆發。

五痴：「這是敵人疑兵之計！注意俘虜！」

轉頭一看，果然大农已被救走！正想追擊時，只見一個小女孩（？）擋在前面。

壺麗、正一臉茫然、雙眼睜的老大、指頭指著自己鼻頭。也不理會眼前的赤蓮軍正漢。自顧著問著：

「咦？要我斷後？」

其實阻擋敵軍追擊，要加禮來擔任也是可以。但壺麗更是刀槍不入、百毒不侵。不管是否要賞這群正漢巴掌，還是隨便亂挨打，總之是不會受傷。

只見這壺麗一副呆頭樣子加上無奈的表情。雙眼上揚，後來乾脆把指頭含在嘟得高高的嘴尖中。好一會兒才鼓著腮幫子對著眼前的敵人說：

「哎呀！人家不喜歡被丟下啦！你們自己轉頭回去好不好？反正也打不贏我嘛。」

說完卻擔心起來：「那個噴口水的傢伙最好別來，髒死了！」

幸好抬頭一看，那叛僧之末、白痴似乎是不在這裡。等等……不在的話就表示……

還沒來得及細想，五痴卻趨前一步說道：「告訴妳！」

語氣堅決而且勇敢！看到領隊的模範，赤蓮軍的正漢們也鼓起勇氣圍了上來。不過這也沒讓壺麗害怕，高舉右手，就要施展「巴掌」驅散敵人之時。

五痴：「要妳知道！就算是壞人，也會進步的！」

說完一眾正漢，掏出隨身小布包丟了過來。

裡面散出的東西有、毛毛蟲、蟾蜍、蟑螂、死蟑螂、蜘蛛、蜈蚣、蝸蝓、狗大便……

絕對高音的尖叫聲，震撼了整座山丘。正在逃跑的英娜一行人，也不由停下了腳步。

林碧山：「雖然不知是怎麼回事？但壺麗小姐打輸了，正被人追著逃命。」

糟糕！英娜不禁懊悔：「不知道對方用什麼辦法，竟能對付壺麗。早知道剛剛應該全力一拚，不該放她一人。」

加禮則當機立斷，將背著的林碧山和大农都先放到路邊陰暗處，對著英娜說道：「只怕對方還有高手！請小姐先在這裡藏好，我回去支援。如果我沒回來，請先躲好等待救援。」

英娜還想說話，卻住了嘴。自己只會有限的兩、三招法術，根本派不上用場。但眼前局面又不能丟下壺麗不管，只好對加禮說道：

「一切小心，先萬不要冒險！」

看這戰士取刀便要奔出，又追加一句：「一定要回來悠喲！」

加禮點了點頭，就快步急行而去。英娜這時不禁懊悔自己的任性，讓壺麗和加禮都身陷險地。

林碧山：「英娜小姐請放心。這位勇士武藝非凡，刀勁沉穩、腳步輕盈。老夫認為即使和那些少林武僧打起來，也不會吃虧。」

「他叫加禮。」

即使聽到林碧山的分析，英娜還是擔心不已，此時順口回話：「是萊崁族的土目指派給我的護衛和……」

說到這忽然臉上一紅，心中罵道：「差一點把『護衛和未婚夫』這句話說出口了。哎呀！剛剛還和加禮說得那麼親切！希望他不要誤會了……都是佬密氏不好啦！」

一面在心中牽拖別人時，卻看到大农忽然顫抖了一下。英娜急忙查看這男孩的狀態！但隨手一摸便滿是鮮血，根本無法判別傷勢到底有多重。

林碧山：「雖然將他由赤蓮軍手上救出來了，但這孩子傷勢實在太重。再加上失血過多，能否撐過半個時辰都很難說。唉……咦？」

說著忽然停嘴！林碧山的聽覺向來異於常人，即使受傷後功力大減，但還是靈敏異常。但此時並非聽到任何聲音，而是一種第六感似的徵兆。

英娜：「總之，我會先用惑精做一個迷霧的結界。避免被人發現，等他們……」

林碧山：「英娜小姐小心！」

就算沒有發現敵蹤，但林碧山卻忽然將英娜撞開。力量之大，更連惑精的藤條都掉落一旁。同時左手臂上一痛，竟然被舌頭連著的短劍刺中。藉由痛覺的輔助，林碧山也首次看清來襲的敵人。

林碧山：「是白痴！英娜小姐快逃！」

若在平時，這六僧之末的白痴決不是對手。但現在傷重之下，功力連一成都不到。白痴一拳重捶，竟將這青八旗首領打得趴倒在地。

白痴：「嘿嘿！有小妹妹耶！」

眼前這和尚精神絕不正常！只見白痴垂下了長長的舌頭，尖端繫有短劍的舌尖竟奇異的翹起。讓英娜不禁聯想到噁心的蛇類！還是全身帶有黏液的那種。

「嘿嘿！最喜歡看小女孩在我的毒液下掙扎。別擔心，我會調整一下分量，不會讓妳那麼快死的。」白痴的表情，開始散發出一種混濁的怪異笑容：「以前十幾個小女孩，都沒撐多久。這一次，千萬要掙扎久一點喔！」

看著延長舌頭流下來的唾液，散發出噁心的甜味。英娜這時明明知道將有極大的危險！卻因為驚嚇過度，反而手腳僵硬沒有任何動作。

眼見白痴就要將毒液噴出！雙臂骨折的林碧山，唯有全身一彈，竟以頭槌命中白痴的下陰祠堂！

林碧山：「小姐快走！哇！」

雖然僥倖得手，但白痴反射動作的重拳，竟打的林碧山肋骨斷裂！接著再一計重掌，立將這老人當場打得昏死過去。

白痴：「可惡！混蛋啊！」

一邊罵，一邊還要跳著腳紓解男人的最痛。一抬頭，卻發現英娜已不顧大农全身血汗將他抱起！手上卻打出今天第二次使用！

大語符紋：

（火 hué）

即使沒看到靈氣方陣和符紋，白痴也感受的到危機！急忙用狗吃屎的前撲避開，一團火焰就驚險地在身後炸開！

而英娜藉著火焰的掩護，抱著大农就往旁邊一處斜坡滑了下去！此時腦中想的明白：「會的法術就這幾招！等下一到谷底，就使用大語符紋的隱（ùn），先到一旁藏起來。我沒有力量抱著這男孩走遠，希望加禮或壺麗能看到火光，過來支援！」

只是還沒到谷底，白痴竟已回復狀態追了上來！英娜急著要再發動一次符紋，白痴卻一腳將二人都踢的飛了開去！而且直衝到英娜身前，將她推倒在地！右手抓住英娜的左手，左膝壓住英娜右手。右膝更重重地壓住英娜胸腹，同時白痴左手用力扼住英娜的下巴！

這下連逃走和求救都辦不到了！

「別放棄啊！」

白痴的眼睛內，此時散發著殘忍又異常的光芒：「別放棄啊！我會先切斷妳的手筋和舌頭。別要再發出法術喔，也沒人會來救你……啊！不對，你要想著也許有人會來救你喔。然後啊……一定要支撐久一點喔！求求妳喔！讓我玩久一點喔！」

這可能是世上最殘忍的請求了！但現在眼睜睜看著白痴張口，伸出他的舌劍。英娜一點辦法也沒有，只有無力地看著這變態那絕非人類的笑容，還有他身後那滿是鮮血的臉！

滿是鮮血的臉？誰呀？

嗥！！！

這一聲刺耳！又像是狼嚎！又像是鬼嘯！

那滿是鮮血的臉，竟是大衣！此時雖沒有解開繩索，卻不知怎地來到了白痴的身後，更狠狠地咬住了白痴的頸側！

忽然吃痛之下，白痴只能放開了對英娜的箝制。一面設法扳開大衣，一面滿地打滾想把對方甩掉。但這男孩竟有股狠勁！雖然手腳的繩索沒有解開，卻極力擺動腰、腿，死命扭轉身體，誓要一口將敵人的肉給撕下來！像是打不掉，也甩不掉的索命惡鬼。此時雙眼放出異樣精光，神情更是凶狠絕倫！只要將仇敵的脖子咬斷！絕不在乎同歸於盡！

然而白痴出身東方武學重鎮，一身修為亦不簡單。緊縮脖子肌肉，竟可抵禦大衣的利齒。但也知道不能久持下去！手一反抓，終於抓住這男孩的頭髮。靈機一動，忍住痛苦反向摸去，找到眼睛的位置，就要用手指挖去！

難道只能看著？

脫困後，躲在一旁的英娜、心念電閃：「怎麼辦!?找根棍子打人？力量太小肯定沒用。找石頭？地上也沒有啊！用符紋？用火（hué）會燒到大衣！用隱（ún）根本沒用。等等，好像還有一個？」

呼喚方陣、彈指連點！

大語符紋：

（睏 khùn）

符紋法力一到，白痴竟睜大了雙眼盯著英娜！正當以為法術失靈時，卻發現白痴一雙眼皮慢慢地閉上，卻努力的抵抗並叫著：

「不行！不能睡啊！這個時候、不能睡……不可以睡……不能……睡！不……能……」

就在眼睛閉上的同時，忽然腥臭熱流噴了英娜一臉！

猝不及防！英娜嚇得雙腳一軟，跪了下來！稍稍鎮定後，才發現竟是因為白痴墜入了夢鄉，肌肉鬆弛抵抗之下，終於被咬斷了的頸動脈！

低頭一看，這白痴此時臉色煞白，但卻一臉毫無痛苦的熟睡模樣。這樣的結局，對照他沾滿血腥，該有現世報應的一生。實在不知是不幸，還是幸運？

英娜卻也心生歉意。如果早一點想起來，讓所有人都睡了再救人。就不會有人受傷了。忽然一塊肉吐在血泊中！才發現是大衣，此時也跪在敵人的身邊。滿身、滿嘴鮮血的與自己對望著。

此時英娜才真的意識到，這男孩應該和自己是同年紀的。二人跪著幾乎一般高，只是大衣卻更瘦弱。不過讓她無法移開眼睛的，是他的神情。

這男孩的雙眼完全沒有光彩，瞳仁幾乎散開了。然而卻是輕鬆地微笑著，滿臉血汙與狼狽卻和所表現的感情完全不成對照。

雖然沒有聲音，那神韻彷彿告訴英娜：「一生的仇恨與痛苦終於結束了，很高興最後救了妳……」也撐不住了！眼看著大衣軟軟倒下，心頭忽然像是被什麼重擊！英娜嘶喊而出：「別死啊！我剛剛才救了你耶！喂！有人嗎？誰來幫我？幫我……你別死啊！」

到了最後，英娜只剩不能克制的哀號！

「找到了！這位就是英娜小姐吧？」

當英娜回頭時，幾乎以為自己出現幻覺了。眼前說話的竟是一條錦蛇？

「俺乃元帥廟、武財神坐下的使者公，是藤樹神請俺找小姐的。」

還真的說出了人話！這錦蛇、使者公隨即將身體努力往天空伸展，同時吐出蛇信「絲絲」的叫著。不一會兒空中竟有人回應！

「英娜！英娜！在再那裡別動！」

這聲音是英家老爺？一抬頭，居然看到英家老爺、佬密氏和紅羽異鳥、小紅以及達吉斯・都奈。似乎是被一團旋風捲在半空之中打轉。英家老爺卻在半空猛然拔刀，一刀竟砍斷旋風！人便從半空直墜而下，要落地時手腳展開到極限。居然像是能抓住空氣一樣減速，緩緩地降落，連灰塵都沒揚起多少。

即使是千年貓妖，佬密氏也讚了一聲：「厲害！」

半空的達吉斯・都奈也是拼命想掙脫這股旋風籠牢，但卻徒勞無功。

英家老爺卻不管這些，趕忙檢查孫女的狀態，並急著問道：「怎樣？英娜有沒有受傷？身上的都是別人的血嗎？這男孩是？」

「阿公！」

聽到這，英娜再也止不住淚水：「快救他！」

大難不死

佬密氏：「那這個孩子呢？有救嗎？」

所說的孩子，是指躺在他們眼前、渾身是血的大衣。

在使者公的協助下一行人順利和英娜會合。急忙替林碧山與大衣施行急救。

林碧山雖然性命無虞。但雙手經脈盡斷，骨骼粉碎，餘生注定殘廢了。

大衣的情況更是危險！

英家老爺：「幾乎是找不到一塊沒傷的皮膚，全身多處骨折。可能被長時間暴打，有內出血情況。最重要的是失血過多，現在只能盡人事而已。」

將手掌放在大衣的心口，一股修為純正的內家真氣緩緩的輸送過去。但是感受到這孩子的狀況，英家老爺不禁嘆了一口氣。

「看來撐不過半個時辰，居然把一個小孩打成這樣！唉！」

心中更是一陣難過：「過去會中常宣傳漢人民族特有的忠義、俠義、仁義之理念。在對待一個外族小孩時，就全不見了。」

英娜：「所以……還是救不回來嗎？」

聽到孫女的詢問，英家老爺卻反射動作的罵道：「英娜！妳這小女孩居然也不和我討論一下！還遇到了這樣危險的事……」

說是責罵，其實還是關心居多。然而一回頭、看到英娜也跪在大衣身旁，哭得滿臉是淚的樣子。一時間怒氣也消了，心中一陣酸楚。

「詳細情形回家再告訴阿公吧。這男孩傷勢實在太重，現在只能再撐一段時間。只是，說不定現在放手讓他去，還少一點痛苦。」

救不回來了嗎？英娜眼前又是一片模糊，其實從剛剛開始就沒有停止哭泣。明明知道這小男孩的命該如此，卻是怎樣也難以接受事實。

這時身後樹葉婆娑聲響，卻是使者公去領著藤樹神過來。達吉斯・都奈一看到藤樹神，立刻大聲嚷嚷著並取槍擺出防備架式。

佬密氏卻一招貓爪從後腦打下去：「拜託不要每次都大驚小怪！現在事情夠多了！」（阿泰雅語）

藤樹神一認出英家老爺，立刻組成觀音似的木質臉孔。

藤樹神：「在下乃是龜崙一族的守護者，請稱呼為藤樹神即可。您就是英娜小姐的祖父吧？是在下要小姐對您隱瞞教授『大語符紋』的事情，請不要責備英娜小姐。」

一旁的佬密氏也答腔說到：「英家的，這事都是本人不好。是我叫英娜小姐自己過來，別告訴別人的喵。請老爺子不要那麼生氣。總之，千錯萬錯，都是我佬密氏的錯！好嗎？如果這樣還不行的話喵……」

佬密氏一邊說，一邊從地上像貓一樣爬著過來的。此時她一隻手捲曲著像是貓爪，耳朵不知何時也伸長了。神態更像是貓咪要找人一起玩耍般。再加上沒有穿褲子的臀後，也伸出幾隻貓尾巴。樣子雖然有些誘惑，但對英家老爺可說是完全沒用。

英家老爺：「佬密氏夫人身為萊崁部落的守護者與領導者，還請自重身分。」

佬密氏：「哎呀！壓箱底本事都拿出來了，還是不行嗎？看來我的千年修為還不夠啊！」

聽到這，英家老爺不禁心想：「居然能看到九尾貓又！而且是和千年樹精一起，這海島果然詭異莫名。」

佬密氏：「要魅惑男人的功力還不夠。」

…………

英娜：「你們…能夠安靜……一點嗎？」

一回頭、才發現英娜已哭的臉上，和大衣的胸前上都是眼淚。但這男孩看來是撐不下去了！英家老爺也嘆了一口氣想勸英娜接受現實。

藤樹神卻說道：「請英娜小姐招喚大語符紋方陣。」

咦？英娜眼睛一下睜得好大。

藤樹神：「請快點吧，趁這小孩還有救。」

聽到「還有救」這句話。英娜忽然渾身顫抖！一伸手，立刻呼喚出大語符紋方陣預備。在一旁的英老爺卻是一陣愕然！即使對魔力波動異常敏感，現在卻感受不到任何的能量。

「但確實有東西嗎？能夠隱藏力量的法術？難道是……」

忽然不由得心中惡寒！在二十六年之前，英家老爺曾經遇過類似的狀況，那是一個能和頂級神魔戰鬥的巫女！

英娜：「準備好了！能直接告訴我怎麼用嗎？」

藤樹神：「只告訴妳要如何拚，是沒有用的。符紋也是一種語言。話語如果沒有任何感情在裡面，那就只是『空口白話』不是嗎？像這樣關乎生死的狀況，必須要施法者能注入相對應的感情才行。英娜小姐心中所希望的是如何呢？」

看著逐漸死去的大衣，英娜深吸一口氣：「『大難不死』！真心希望大衣能活下去！」

藤樹神：「知道了！有些複雜，請英娜小姐跟著我做。」

原來這大語符紋，不但要能拚出字音，而要注入意念。

藉著這機會啟發英娜的能力，其結果讓藤樹神也不禁露出讚賞的眼光。二人接著完成大（tuā）、難（lân）與不（put）的符紋拼法。但最後一個「死」字，卻遇到困難。

「死（sí）。子音時（sî）對數三五的符」、十。

母音艍（ki）對數三四的符紋」、丅。

艍（ki）、韮（kú）、句（kù）、呴（khóo）、衢（khak）的……嗯？應該是？」

似乎連藤樹神也一時迷惑，不知道哪個才正確。

「連你都不能確定嗎？」

一旁的佬密氏早不耐煩，乾脆罵道：「這樣不如換個簡單一點的！英家的，你說對吧。咦？英家的？」

本想找人呼應。卻意外發現英家老爺在一旁將嘴張得老大，更有些呼吸急促，似乎被眼前所震撼！實在奇怪。因為見多識廣的英家老爺，理應不會輕易的被嚇到。不過身邊另一人卻著實嚇人一跳！

「請英娜小姐用艍（ki），直接切音時（sî）吧。」

咦？咦？咦？說話的竟是林碧山？

林碧山：「很抱歉介入你們的談話。漢人學士林碧山，在此見過各位上古神靈。」

「喵！」

佬密氏忽然興奮異常：「這句『上古神靈』用得真好！英家的、阿泰雅的、你們看看有學問的說話多不一樣喵！不過你怎麼會知道這符紋怎麼用？」

林碧山：「這符紋邏輯與古代音韻漢學相同，英娜小姐只需『彙音』便可。」

眼看眾人一臉茫然，林碧山：「現在時間有限，請英娜小姐先施法術。這拼法一定能用，老夫隨後會詳加解釋。」

眼看重傷彌留的男孩，英娜深吸一口氣，指頭連彈。

大語符紋：

（大 tuā）（難 lān）（不 put）（死 sí）

這記符紋，注入了施法者最誠心的願望與祈禱。但大农卻沒有任何好轉的跡象。英家老爺一陣心痛，正要英娜接受現實時。卻聽到孫女嗚咽地、小聲地說道：

「大難不死、必有後福。你一定要活下去，以後我照顧你一輩子好嗎？」

聽到這話，英家老爺心頭莫名一震！同時更感到手上的男孩渾身一熱，輸送的真氣開始緩緩地流動。大农也張口「哇」的一聲！雖然身受重傷，但總算死裡逃生，活過來了。

英娜見狀一陣歡呼！一旁眾人也不禁欣慰！

唯有英家老爺卻心想：「剛剛英娜所言，雖然是小女孩心急之下的話語。卻幾乎是『婚約誓言』一般！而且還是在使用法術時，用誠心誠意說出的。希望以後不會有影響吧？」

當然，不論是英家祖孫、九尾貓又、佬密氏甚至是千年樹精、藤樹神。此時都無法預見未來。只是沒想到，這大衣不但大難不死。還成為了這海島的歷史上，無法被忽視的人物。但那是另一段故事了。

這時一旁樹叢「絲絲」聲響，竟然又鑽出一條、二條……使者公？

而後面還有二個人，和一隻鳥？

加禮抓著壺麗的後領，很不高興地罵道：「英娜小姐，你知道這傢伙有多誇張嗎？居然被一堆蟲子打敗了！」

使者公一：「根本就是丟臉，」

使者公二：「丟到姥姥家了！」

咦？二隻錦蛇，使者公接起話來，就像是一個人在說話一樣。

壺麗抽抽噎噎，用少女般的嬌嗤聲音哭道：「可是……可是……還有狗大便啊！很髒耶！哇！住嘴、別打啊！」

會用嘴來打人的，正是在這海島傳說中的紅羽異鳥「小紅」。剛剛跟著佬密氏來，這時一只鳥頭更是氣得滿臉通紅，下嘴毫不留情。

身旁卻還有另一人也是怒不可抑。

達吉斯‧都奈：「這個像是女人的樣子，就是被女巫哈莫尼附身的鐵證！看我將哈莫尼驅逐出來……哇、哇！怎麼飛起來了？」（阿泰雅語）

佬密氏：「還真是個超級石頭腦袋，我要找你好好談一談！」（阿泰雅語）

說完手一揮，發動旋風將二人都捲上半空。

周遭一時間頗為熱鬧，英娜卻發現大衣半睜著眼。似乎想將手向自己伸過來，卻只是顫抖著無法抬起手掌。於是下意識反握著說。

英娜：「有我照顧你。」

「沒關係。」

◆

藤樹神：「這次能及時找到人，真是多謝使者公與武財神的協助。」

眼前都自稱為使者公的三條錦蛇，還真的像是同一人在說話一樣。依序接起話來。

使者公：「這位就是魔神仔（方言讀音môo-sîn-á）所預言將開拓未來的女子？俺有幸能提供協助，也是萬非榮幸。」

說完卻對著英娜，挺起蛇身，再微微低頭有如行禮：「不死女巫所預言的女孩啊，如有任何事想要俺幫忙，請千萬不要客氣。」

而英娜，一時不知該如何回應。倒不是情境詭異，而是這使者公的語音充滿一種濃厚的腔調，讓英娜無法確實理解所說的話。

林碧山：「這是中原山東一帶的腔調。所說的武財神，是指源於山東琅琊天臺山的玄壇元帥——趙公明元帥吧。英娜小姐請回禮答謝就是。」

英娜忙趕忙回禮，忽然想起自己身邊不是有一個最好的通譯嗎？急忙呼喚出惑精幫忙，才搞清楚對方在說什麼。

然而使者公卻不在意：「不必客氣。不但是鄰居，而且以後咱們會是鄉親呢。有事請多照顧就是。」

英娜：「鄰居？」

藤樹神：「武財神、玄壇趙元帥就是元帥廟的主神。」

哎呀！結果自己經過好幾次元帥廟，卻沒有進去好好參拜。下次定要去添點香油錢才行。

這時空中風聲大作，卻是佬密氏一邊凌空抓著達吉斯・都奈，一邊大笑：「這次我和這個石頭腦袋有很多話要講！你們先回去吧！」

看著在半空中不斷翻轉，拼命掙扎又逃不了的達吉斯・都奈。英娜只好在心裡祈禱二人能「談話順利」了。只見佬密氏，嘿、了一聲，便抓著達吉斯・都奈往空中飛去。

莫名一陣臉紅，英娜心想：「從這角度看，這佬密氏好像『走光』了。算了，和她說了也沒用！」

藤樹神：「這裡到桃仔園樹林也沒多遠了。如不嫌棄，讓本尊送你們一程吧。也請使者公一起來吧，會讓小藤樹精替你們準備野雞蛋。」

小紅哭訴

就這樣，一行人便乘上了藤樹神的巨大蔓藤。

一路上英娜和藤樹神於是向英家老爺說明事情經過，並不斷道歉著。不過英家老爺雖然一副原諒並接受的表情，卻是一句話也不說。

看到這態度，連英娜也暗吞一口口水。心想：「阿公在生悶氣吧？」

回去說不定還要吃一頓排頭。

「唉喲！唉喲！別敲了啊！」

這一邊卻是現世報！紅羽異鳥小紅的懲罰，一路上也沒停過。還一邊用嘴猛啄，一邊高聲「咕咕」……應該是罵人吧？

惑精卻跑出來湊八卦熱鬧：「小姐想要我通譯嗎？」

英娜確實也很有興趣，同時也想沖淡一些和英家老爺之間的尷尬氣氛。於是透過惑精的翻譯，竟也大致了解這怪女孩（？）的過去。

小紅：「咕咕咕、咕咕、咕咕咕咕、」（你到底知不知道，作為死神的使者有多光榮與重要？）

壺麗：「誰管你啊！又不是我要做的！」

小紅：「咕、咕咕咕、咕咕！」（當時沒救你，你早淹死了。）

壺麗：「是喔，謝謝你喔！結果卻還不是要我去打髒東西？不——要！」

小紅：「咕咕咕、咕咕咕、咕咕咕咕咕、咕咕、咕咕咕、咕咕、咕！」（你這是什麼態度？歷代討伐冥界逃犯的，必須是當代最強的勇士。我也花了好大功夫，才找到你這個的繼承者！但是……為什麼是你這樣？）

嗯，那是你沒有看人的眼光吧？英娜總覺得有個關鍵想問清楚。忍不住插嘴：「所以，這壺麗有成為『當代最強的勇士』的資質？」

小紅：「咕咕咕咕咕、咕咕『咕咕咕』、咕咕咕、」（我的眼光絕對沒錯！這傢伙如果『正常』，絕對是人界最強戰士！）

不只英娜，相信所有人都在心中存疑吧？其中一位更是深信這是絕對的錯誤。

壺麗：「哈哈哈！、這用漢語來說就叫『有眼無珠』啦！自己沒本事，還在那亂叫！唉呦、唉喲！惱羞成怒啦？唉呦、停嘴啦！」

小紅：「咕咕咕、咕咕、咕！」（虧我找了二十年！還把你從河裡救上來！）

啄啄啄！

壺麗：「那干我什麼事？好痛啊！」

啄啄啄！

小紅：「咕咕、咕咕、咕！」（你怎麼一副墮落的娘娘腔模樣！）

啄啄啄！

小紅：「咕咕咕！」（簡直汙辱了你的母親！）

聽到這連英娜心中也覺得：「方言有云『男人女體，無死誤對娘體（意思為作男人卻像女人，不死就對不起母親）。』這壺麗實在是有點誇張！」

卻見小紅終於停了嘴，飛到一旁。但還是伸出一隻翅膀，指著壺麗大罵。

不過一但知道不會再被打。壺麗所幸背對著、縮著身體，還閉眼摀耳來個不理不睬。

過了好一會，小紅才放棄似的：「咕咕咕、咕！」（反正是我沒眼光，算了！）
「哈哈哈！」
露出勝利的笑容，壺麗還加上鬼臉和吐舌頭：「總算知道自己的無能囉！呸呸呸！」
「壺麗！」
這次卻是英娜忍不住了：「人家是對你有期待！快道歉！」
壺麗：「可是……」
英娜：「雖然不知道小紅到底是找你做什麼？但總是認可你的天賦，你的態度實在不禮貌！」
沒想到話才說完，小紅卻立刻飛到英娜眼前不斷啼叫。啼叫霹靂巴拉一連串，還不斷用翅膀指著壺麗。
英娜心想：「這……就叫做『投訴』嗎？」
而這紅羽異鳥，更像是終於找到知音般，一口氣將多年積怨與不滿傾訴而出。只是鳥啼雜亂，要沒有惑精翻譯也真是難懂。不過聽了好一陣子，英娜也理出頭緒。
原來這紅羽異鳥在這海島掌管人界與死亡冥界的秩序。
死亡的靈魂若是不願遵循自然的法則而在人世間遊蕩，充其量不過是延後死亡的時間而已。終有一日，還是要接受生命結束的事實。
但已死墜入冥界，卻與妖魔訂定契約而重回人世者。不但將超越死亡這一關而擁有不死的力量。而且往往因沾染魔氣，而變得異常的邪惡。
因此死神在世界各地都有不同的代理人，更將力量賜給人間的戰士。以對付這種冥界的逃犯！
小紅：「咕咕咕、咕咕、咕咕咕、咕咕、咕咕……」（本尊就是此島的死神代理，而這一代在人世協助的戰士……）

狠狠瞪了一下壺麗：「咕咕、咕咕！」（就是這不長進的傢伙！）

說完在枝頭收攏翅膀，微微抬起鳥啄、將一身線條挺得筆直。雖然才鴿子大小，看來實在不可一世。

連英娜都不禁拍手讚道：「小紅真的好帥啊！可是為什麼一定要壺麗才行？這傢伙看來不太可靠啊。」

說到這，小紅臉色就黑了一半：「咕咕、咕……」（那是、因為……）

壺麗、囂張復活：「哇！哈哈哈！那是因為他自己一個沒鳥用啦！那個死神不知是怎麼想的？絕招居然要我們合力才能使出來！那邊的笨鳥一隻，再怎麼叫也沒有用啦！」

和這怪女孩的態度相反，此時紅羽異鳥深深地低下頭去，居然還一副喪氣的模樣。

英娜眼見這堂堂的死神代表，此時消沉的模樣，忍不住罵道：「壺麗，你太過分了！」

壺麗：「咦？主人、可是……」

英娜：「可是什麼？怎麼說人家都救了你一命，你應該履行承諾一起斬妖除魔才對啊！」

「可是、可是……」

壺麗急道：「我又沒答應什麼，醒來就被叫去打妖怪了。」

原來是被趕鴨子上架，但英娜一點也不可憐這傢伙：「人家看得起你！就算只想自私地守護自己名譽，也應該挺身而出。」

「可是，可是……」

壺麗：「我又用不著名譽……」

這傢伙，真的是……英娜耐心終於被磨光了：「囉嗦！再逃走，以後就『不跟你好了』！」

說完，英娜才覺得這種小孩子吵架的台詞，用在這不男不女的壺麗身上實在夠奇怪了。而且看著這傢伙一臉委屈又為難的模樣，還擔心是否太過份了。

小紅又撲到面前！不但張開雙翅搭著自己肩膀，還渾身顫抖。

英娜看著眼前這隻小鳥的獨眼，居然是熱淚盈眶還帶著感激？不一會、還忍不住把鳥頭貼在英娜身上，一面哭一面啼！

英娜：「怎麼變成『哭訴』了？」

小紅：「咕咕咕、咕咕咕！」（終於有人知道我這些年有多怨嘆了！）

英娜：「嗯，要顧著這個偽娘，實在是很辛苦。」

小紅：「咕、咕咕、咕咕咕、咕咕、咕咕咕、咕、咕、咕……嗚！」（這十幾年來、無時無刻、都在、都在後悔找了這個『怪咖』！我、我、我、……嗚！）

惑精：「……小姐、他哭得太厲害，分不出來是說什麼了。」

這紅羽異鳥哭了好一陣子才收聲，但鳥頭一挺又是一副倔強的模樣。

小紅：「咕咕、咕咕咕咕、咕咕咕咕！」（英娜小姐，本尊在這海島的各族神靈、妖怪之間，說話都有一點分量。從現在起，有任何需要的地方。請不用客氣，儘管吩咐！）

說完眼睛一閉、鳥啄一抬、深深吸氣由自堅強。胸膛挺起。竟儼然又是一身大將風範！

不只英娜，眾人都不禁心想：「不管看幾次都覺得很有氣勢，這隻鳥實在很不簡單。」

其實紅羽異鳥的傳說，實在是這海島傳統部落之間，流傳最廣的跨部族神話。

從阿泰雅族、鄒族到布農族都有相同的故事。描述一隻單腳獨眼、大小如鴿子的怪鳥，會在深夜的空中怪叫。凡是聽到這叫聲的人，都命不長矣。

英娜卻不知道眼前這小紅，有這麼大的來頭。但心想：「肯定是沒辦法取消契約，不然早把壺麗趕走了。可見『看樹看根、看人看心』。沒用心看清內在，可是會後悔吃虧的。」

藤樹神：「各位，到桃仔園了。」

終於，出了山林到回家的路上了。

此時已非桃花盛開的春季，但整片樹林卻依然散發出一種繽紛清新的氣息。才進入樹林，竟然有幾枝藤蔓延伸枝幹過來。枝葉間浮現幾個和惑精一樣的精靈身影，細枝前端還夾著幾只雞蛋。

藤樹神：「這次能順利救人回來，都要感謝使者公與武財神的協助。請轉告元帥感謝之意，他日定親自登門道謝。」

使者公：「樹神不必多禮，能提供協助也是俺的榮幸。」

說完，三條使者公隨即竟轉向英娜點頭行禮。雖然知道對方身分非凡，但面對錦蛇回禮還是讓英娜覺得些許不自在。

使者公：「預言的少女啊！俺元帥說過未來要移居此地生根，必須要與鄰居和睦。未來如有任何需要幫忙的地方，請小姐不要客氣。」

說完又是先挺身、再低頭為禮。英娜一邊回拜，一邊想到：「雖說是錦蛇，但實在是謙謙有禮的模範。咦？剛剛說是要移居到此地生根？」

待抬頭想問，但使者公已取過雞蛋去得遠了。

藤樹神：「英家的老爺，剛剛樹的精靈有來報信。赤蓮軍被佬密氏的法術嚇到，現在全退回大溪頭。

虎茅庄一帶，已沒有敵人的蹤影。」

「太好了，感謝樹神的襄助。」

英家老爺估計現在的情勢，說道：「看來這大农也已度過難關，現在郭樽的人都依照計畫撤退了。我們只需回郭樽拿一些必要的東西……」

說著不知為何，卻看了英娜一眼才繼續說道：「然後循線去和郭樽的人會合即可。在此感謝樹神的協助，未來必然準備厚禮拜謝。」

藤樹神：「禮物倒不必了，但希望能帶英娜小姐回來。讓在下將符紋完整的傳授小姐吧！」

接著又面向林碧山：「這位先生看來也與這符紋有命運上的牽絆，還請多多協助英娜小姐吧！藤樹神在此感謝。」

說完緩緩退去，不一會消失在茂密枝葉之間。

只有惑精耳邊卻聽到：「妳幫助英娜小姐有功，讓本尊加持幫助你一些修行吧。記得，一定要守護英娜小姐的安全。」

雖然沒有其他人發現，但惑精卻悄悄成長了。

英家老爺於是抱起大农：「加禮，你揹著林先生，我們走吧。」

壺麗：「啊！等一下、等一下！我這處理一下，馬上就好！」

還要做什麼？難道是內急嗎？所有人回頭看是什麼事。

壺麗：「等一下，我馬上做幾把簡易陽傘出來。不然現在是白天，出了樹林沒東西遮太陽、會曬黑的。」

眾人：「……」

小紅二話不說，全力用最快的速度往壺麗頭上撲了過去……

◆

好不容易回到郭樽附近，都已經傍晚了。不過一路上，小紅不但沒放過壺麗。而且隨著壺麗不長眼的反應，火氣更是越來越大。

看著這小鳥怒火中燒，英娜不禁心想：「再下去就不是小紅，而是大紅甚至爆紅了。」

英家老爺：「郭樽的人都循著沿海小徑走了，我們也不要浪費時間。去收拾一下東西，就追過去吧。」

林碧山忽然說到：「英家老爺，你確定人都撤走了嗎？那大屋內有不少人啊！」

英家老爺：「什麼!?」

庸官楊二酉

原應空無一人的郭家大宅，現在卻人聲鼎沸。

林碧山：「真要說的話，哀鴻遍野比較恰當吧。聽起來，可能是附近農家墾戶跑到郭宅避難了。」

啊？那和闖空門的沒兩樣了。英家老爺負責的正是郭樽維安，這下臉一黑，幾乎要發作趕人！

林碧山：「咦？還有大人物在？我們先過去看看吧。」

這眼盲之人的感應果然非同凡響，才接近大宅，竟看到不少汛兵在門前巡邏。英家老爺卻一時大為緊張！自己因為曾參與朱一貴的起義而被通緝，更因此隱姓埋名數十年。難道是這時候被發現了嗎？

「老友、老友啊！好險你們沒事！」

迎面而來的卻是郭家的主人郭光天，他也沒有依計畫撤退避難？

郭光天：「才要走的時候，就有楊大人的先導隨從出現。要我們開中門迎接！」

英家老爺：「楊大人？啊！那個巡視監察御史！差一點把這傢伙忘了，所以大家都留下來了？」

「不！當然是讓大夥照計畫撤走啊，老夫一個人留下來對付就好。」

說著，郭光天一臉不屑的表情：「老夫啊，絕不會拿家人冒險。尤其是這種囂張、獻媚又自以為是的狗官……」

批評的毫不留情，才想到身邊有一個退休的大學士，還身兼朝廷密探的林碧山。此時郭光天不由得心下喘喘，擔心禍從口出。

林碧山：「沒關係，老夫也認為這楊大人行事有欠謹慎。巡視監察御史一職，是監督公職官員是否奉公守法。本應私下查訪，才不會讓貪官汙吏有機會掩飾。現在不但高調巡視，還毫不掩飾地要地方百姓招待？光這點就足夠老夫向皇上參他一本！」

看這老人怒氣沖沖！英家老爺和郭光天二人肩膀一縮、嘴唇嘟起、四眼相望、一同點頭心想：「有人要倒楣了！」

由郭光天領著眾人進門，才發現除了汛兵之外還有不少熟人，還是英娜也見過的。

郭光天：「今天人來來去去。剛剛漢人墾戶也跑來求救。雖然一直勸他們應該先離險地，也循沿海小徑北上。但楊大人卻認為這裡作亂的不過是一般盜匪，更認為身邊的士兵便足以應付。想等明天就去『清匪安鄉』！」

「這活寶是想死嗎？」

林碧山忍不住罵道：「就是因為一般士兵難以應付，朝廷才召集青八旗與之對抗。這群汛兵不過在此地短暫駐守，大都沒有實戰經驗。根本不足與赤蓮軍為敵。」

英家老爺：「之前沒向聚集在元帥廟的墾戶通報一聲，似乎也是我們不對！現在有誰過來了？」

郭光天：「坑仔口（今蘆竹鄉坑仔村）和山鼻仔（今蘆竹鄉山鼻村）的陳氏一族。奶笏崙莊（今桃園市大檜稽）的林氏墾首。竹北二堡（今楊梅）的范姜殿高、范姜殿發、范姜殿章三兄弟和汪家的汪淇楚、汪仰詹以及大溪崁楱榔（今桃園新屋）的郭振岳墾號。甚至元帥廟住持、周添福先生都隨後跑來了。」

英家老爺：「看來除了在八塊厝（今桃園八德）的薛啟龍先生之外，其餘的都到了吧。」

郭光天：「不，還有在霄裡（今桃園龍潭）開墾的黃燕禮。」

這情景似曾相識，上次也是一群漢人墾首聚集元帥廟求助。英娜忽然覺得那位像是斯文書生的霄裡戰士首領，可能等一下又會出現在這裡。

「止步！土著生番、不可靠近！」

咦？居然在自己家中被攔下來？郭光天這才想到，正帶著一行人走在環繞大廳長廊上。另一邊隔著牆，就是現在大人物聚集的正廳。

想說是這守衛士兵擔心安全的問題吧。

郭光天：「請長官見諒。這幾位是老夫在此地的合作夥伴，並非可疑人士。」

守衛士兵：「不行！怎能讓這樣『骯髒』的人靠近!?」

骯髒？轉頭看了一下。加禮正抱著全身是血的大衣，確實說不上乾淨。

但不知怎地？這士兵的語意，又好像不是述說事實而已。還讓英娜莫名覺得有些火氣上升？

守衛士兵：「這種未開化的野蠻人有什麼好合作的？叫他們去開路做苦力就好啦。」

英娜：「什麼！」

居然又是這種帶有歧視眼光的混蛋！英娜反射性地就要發作，卻被英家老爺一把摀住嗚住嘴巴。

郭光天：「這位軍爺請別誤會，萊崁部落的戰士是合作夥伴，並非老夫的下屬。」

守衛士兵：「堂堂漢族員外，居然和這些噁心的蠻夷合作？想不透！」

這傢伙東一句骯髒、西一句噁心，連涵養甚好的郭光天也忍不住。但正要出言反駁時，身旁的英娜竟指頭連點出二計。

大語符紋：

（睏 khùn）

（死 sí）

符紋法力一到，這士兵立刻表情呆滯。還搞不清楚是怎麼回事，就往後方「碰！」的一聲倒下去睡著了。

還被摀住嘴的英娜心中洋洋得意：「哇！第一次知道原來只要在心中默念，嘴巴不用講符紋也能作用。」

其實英娜會的符紋還不多，只這麼有限的二、三招。剛剛本來想過其他詞彙，卻無奈不能立刻拼出來。但能一下放倒這討厭的士兵，卻連英家老爺和郭光天都點頭表示讚賞。不料下一秒鐘……

（鼾！）

哇！即使豬打呼也沒這麼大聲吧？這下反而驚動了內裡的人出來查看，結果卻是誰也無法叫醒這邊睡邊打呼的傢伙。

英娜心想：「因為讓他『睏死』了嘛！但這鼾聲還真大！」

（鼾！）

「哎呀！這不是老師、林碧山大學士『兒』？剛剛聽這『兒』幾位莊稼漢說明情況。害的學生『兒』一直在擔心老師『兒』的安危。看到老師『兒』沒事，實在太好了老師『兒』。」

這人一身錦衣官服，明顯是個大官。而且語調極為熱切，似乎是個好人。但是總有些很不對勁，讓英娜覺得全身不自在。尤其是故意捲起舌頭在語句中加入的「兒」音。

已見過的郭光天忙道：「楊大人、這位便是負責墾戶安全的護院。草民郭樽墾首、郭光天。率家丁見過大人。」

這時代的階級制度異常嚴謹。平民見到政府官員，還需要行跪拜禮。所謂跪拜禮，是要跪下後將上半身與頭伏在地上，還要喊著什麼名字、哪裡人、見過大人……等等，除非是有參加國家考試，獲取功名卻沒有做官的知識份子，或是像林碧山這樣已退休的官員，才不用對官員行禮。

於是郭光天領著眾人行禮如儀。但當英娜也跟著行禮時，卻聽到郭光天大聲地依照禮節喊出台詞。英家老爺同時以極低的聲音，趁著郭光天喊口號時也低哼一聲：「又一個八哥『兒』。」聲音甚低、又是貼著地面時、混在郭光天的語音中說的。若非英娜也在極近距離伏貼著地，不然實在聽不到。而郭光天也趁著伏低頭時，抿著嘴、做了個怪臉。

英娜心想：「看來阿公和郭老爺以前常玩這種遊戲。八哥是指會學人說話的八哥鳥吧，但這奇怪的捲舌『兒』音是怎麼回事？」

這時代官員權威極大，甚至可讓平民長跪在地也不須理會。林碧山發現這楊二酉似乎沒意思叫人起來，忙說道：

「郭老爺快起來吧，這裡是你們的家宅啊！楊大人，這次事件多虧……郭老爺與英家護院牽制匪人，老夫才有機會生還。請給一個面子，讓郭家的在此免去跪禮吧。」

楊二酉一聽，更是滿臉笑意：「哪『兒』的話！既然老師『兒』這麼說！那學『兒』生當然從善如流。郭家的請起吧！啊，快搬椅子來，老師請坐『兒』。」

從英娜的角度，看到英家老爺和郭光天。二人很有默契的伏低臉，吐了一吐舌頭，然後才起立。

這時英娜才發現，其他的漢人墾戶都在大廳跪了一地。而且有些年紀較長的，還不時搓揉雙腿，看來似乎跪一陣子了。

但官大眼高，楊二酉完全無視這狀況。

一派優閒地端正坐姿，慢慢地呷一口熱茶才說道：「本監察御史『兒』乃是天子耳目，特地到此視察民情，查糾百司官邪『兒』。有何冤情或申訴，就呈上『兒』來吧。」

英娜心想：「這奇怪的『兒』音到底是怎麼回事？而且這樣看來，有人都跪到要得關節炎了。可以申訴欺壓百姓嗎？」

英家老爺更心想：「再下去，老夫要噁心死了。」

連忙趨前一步，在林碧山耳邊說道：「請向楊大人說一下，這邊還有傷患要救治，先告退了。」

林碧山：「救人重要，請吧。」

機不可失、英家老爺也不理會旁人，便和抱著大衣的加禮快步離開。

英娜正要跟去時，卻聽到後方有狀況。

楊二酉：「咦？這島上還真多珍奇異獸『兒』。這紅鳥看起來還不錯吃，等下『兒』叫廚房碳烤一下，作宵夜嚐嚐鮮吧。」

哇！誰不好惹，惹到死神的使者？英娜心頭「咯」的一聲！小心的轉頭一看，果然發現小紅氣得一頭火紅，甚至還有絲絲蒸氣從頂上冒出。

英娜還真怕這傳說中的邪鳥當場發飆，在這上演襲擊御史大人的戲碼！一撇眼，卻發現壺麗還在一旁笑著看好戲。忙用手肘撞了撞，尋求協助。

壺麗也立時會意：「哎呀喂！這位大人眼光真是不好。這隻怪雞，一身臭酸味，又天生缺陷，一眼一腳的……還又老又硬都是筋更沒幾口肉。剁碎給狗，狗都嫌臭，送給老鼠，還被退貨。大人還是不要吃了拉肚子才好。不如由郭樽珍藏的山珍美味來款待大人吧。」

楊二酉：「謝謝這位聲音好聽的小妹妹（？）提醒『兒』，差點吃了髒東西！好！看郭樽有多少好料就端上來吧！」

郭光天：「這……稟告大人。雖然廚房中有不少材料，但是廚師已經去避難了……」

壺麗一拍胸口：「沒問題、包在我身上。一定要讓你們吃到讚不絕口。」

果然不愧是偽娘。那在場唯一有問題的是……

英娜（小聲）：「小紅、對不起，實在是找錯人求救了。」

小紅：「咕咕咕、咕……」（……想哭……）

這邊一陣發科打諢，一旁跪著的眾人更是腳痠腿麻。其中一個老墾戶更是受不了了，急忙叩首說道：「啟稟大人！自從這群自稱正統漢人的赤蓮軍在這現身開始，這邊就出現不明的疾病。而且……」

楊二酉：「這群亂黨小丑，根本是枉自幻想分裂國家的頑童『兒』！現在本官帶著天朝強國的大軍來到，想必這群無膽賊人已望風而逃『兒』！此乃皇上恩澤庇護『兒』！此乃皇上威權庇佑！皇上萬歲！」

「注意言詞！」

雖然有些過分樂觀，但一眾墾戶還是再度伏地高呼萬歲。

楊二酉：「本官職則可是風聞上奏，所以用詞一定得注意正確『兒』！像這樣的狂徒怎可稱為『軍隊』呢？就稱呼為『赤匪』吧！」

感覺好像怪怪的，但接下來話鋒一轉。

楊二酉：「此地紛爭不斷，人心道德薄弱，應從深養『兒』教化下手。本官將建議朝提在此地設立書院『兒』。用聖賢之忠孝禮義，沖淡此地乖僻血氣。讓未來子的子孫能在聖賢道德教化下，放棄野蠻的衝突殺伐惡行。此乃皇上恩澤廣大！皇上萬歲！」

講得頭頭是道。雖然有些緩不濟急，也有些不切實際。但眾人還是高呼萬歲，以示感謝。在場只有郭光天臉色一變，猜到接下來的發展。

台灣小事典

被彈劾的監察御史

監察御史的職責是監督、彈劾各級官員，以避免官官相護、藏汙納垢的情勢。但在乾隆時期的台灣，卻出現了監察御史本身被彈劾，還一次七位監察御史被免職的大案。

乾隆十二年（一七四七），福建巡撫、周學健上奏：「歷任巡臺御史除了養廉銀之外，強索各縣輪值供應，而巡臺出巡南北兩路，所有夫車等項均強加各縣措辦，又復濫准差拘，多留胥役，滋擾地方等……」

最後定案以「積習相沿，因循滋弊」罪名，將歷屆滿、漢監察御史共七人革職。列表如下：

被彈劾的巡視台灣監察御史	
巡視台灣監察御史（漢）	**巡視台灣監察御史（滿）**
楊二酉	舒輅
乾隆四年（一七三九年）上任 乾隆六年（一七四一年）卸任	乾隆五年（一七四〇年）上任 乾隆七年（一七四二年）卸任
張湄	書山
乾隆六年（一七四一年）上任 乾隆八年（一七四三年）卸任	乾隆七年（一七四二年）上任 乾隆九年（一七四四年）卸任
熊學鵬	六十七
乾隆八年（一七四三年）上任 乾隆十年（一七四五年）卸任	乾隆九年（一七四四年）上任 乾隆十二年（一七四七年）卸任
范咸	
乾隆十年（一七四五年）上任 乾隆十二年（一七四七年）卸任	

鸚鵡學舌

楊二酉：「這所需的經費，當然應該請鄉親大力支持捐獻啦。相關的建材此地可能沒有，要從他處運來『並不便宜』，但本人可推薦適合的包商。所用的教材或許要因地制宜，要編寫『所費不貲』，但本官可代為詢問適合學者。這沒有德高望重的良師，須由外地『重金禮聘』。不過沒問題，在下可居中協調。當然，相關花費還希望各位鄉親大力支持。」

英娜心想：「好像說到錢，就沒有那奇怪的『兒』音了。」

其他的墾戶則是聽出了玄機。

既然「並不便宜」還「所費不貲」，最後還要負擔「重金禮聘」？

這下都不知要被扒了幾層皮。但一來確實有正確的前提，再來說話的還是高官達人。於是也沒人敢吭一聲。深怕一開口，這驚人費用便要由自己負擔。

唯一有資格說話的林碧山，此時也聽得一肚子火。心想：「幾件事中間都可能有回扣佣金的爭議，楊二酉這混蛋竟也不避嫌。難道真以為未來不會被彈劾嗎？」

何況監察御史就是專責彈劾別人的官職。但是想過後，還是壓下怒氣：「要在偏遠地區廣設書塾學府，是聖上的政策。而且這傢伙畢竟是堂堂御史，也不好在平民面前讓他難堪。等會私底下再和他說吧。」

楊二酉：「此地番族尤其需要深入教化『兒』，讓他們體會皇上的聖恩與國家的偉大文化。如此『兒』這些蠻人必定會揚棄其未開化的醜陋惡習，歸順在我倫理文明的統治之下！」

這下不是在說錢的事情了，其中一個墾戶連忙附和道：

「是啊！大人說的極是！這裡的番族，不但常有出草砍頭的行徑，又不會耕作。而且倫理混亂、女尊男卑，更連自己的名字都不會寫。應該讓他們全學漢語漢字，並改漢人姓氏。而且這些番族應該揚棄那些魑魅魍魎的迷信、改拜漢神信仰。最好脫離部落，將家族改宗漢族。這樣不出幾年，這裡定是一片文化開明的景象。」

聽到這，英娜不禁心中一寒！

藤樹神所說的預言又闖進腦海中。難道最後漢人會吞併這些部落？像預言所說的，部落之民落得連土地、語言和文化都消失殆盡？

但這提議卻支持者眾。這些漢人墾戶不但趁機要求更多的支持，居然還有人提議借官兵逼部落讓出更多土地，給善於開墾的漢人經營。

這樣不尊重部落的文化，還想搶奪土地？

英娜一時火氣上升，就要開口抗議。但後方郭光天卻伸手阻止。只見這郭樽家主不停嘆氣搖頭，明顯對同胞的行為感到不齒。

楊二酉不慌不忙得又呷了一口茶，才說道：「這點本官會仔細考慮。不過在這給各位一點提醒，以後不要再稱呼自己為『漢人』了『兒』。」

什麼？這發言當場讓所有人都傻了眼。

楊二酉：「各位應該知道『兒』，自我偉大天朝立國以來，滿、漢之爭便不曾停歇。為了撮合族群融合，歷代君臣可說不遺餘力。所以本人正要上書聖上，建議以後不要使用『漢人』來自稱，好讓族群分裂能慢慢弭平『兒』。如此實乃國家之幸！」

哇！為了所謂族群融合，居然不能稱出自己的族名？這群漢人墾戶心中不由得一縮，卻又害怕國家的權力而不敢吭聲。

林碧山：「想必您『大人』還沒將這份『建議』上書給皇上吧？」

楊二酉：「還沒『兒』，畢竟這份奏章影響層面廣大，還需要多多潤飾修辭『兒』。老師您也可以聯名上奏，未來聖上讚賞，學生絕不獨佔。」

說得口沫橫飛，志得意滿。但英娜卻感到林碧山的臉色陰沉，心想等下絕不好聽。

果然大學士一開口，嚴厲更帶著滿滿怒氣：

「先皇康熙爺四十九年時，就有個活寶禮部漢尚書叫許汝霖的，提過類似的建議。你知道先皇如何回應嗎？奏章上大大的『莫名其妙』四個大字！隨後這位許尚書就致休回鄉了。楊大人您大概是做官做煩了，想提早回老家吧。」

楊二酉一呆，沒想到自作聰明卻是自找麻煩。正覺得尷尬，那老翰林卻已對其愚蠢忍到了極限，開口便連環抨擊。

林碧山：「楊大人您那格格不入的尾『兒』音，一聽便知是故意學了加上去的。為何要如此？」

「這是在幫我岔開話題吧？不然再說下去就麻煩了。」楊二酉心想。以為林碧山在幫自己，這楊二酉又恢復一副浮誇的模樣：「當然『兒』！本官在天朝聖京辦事多年『兒』。早已受大中原正統文化薰陶，連說話都不自覺感染高級『兒』的正統口音。請老師『兒』別見怪。」

林碧山：「楊大人您原籍山西太原。當地的尖音與團音極具特色，而且捲舌方式和北京截然不同。世界各地人說話，皆有其獨特的語音尾調。那是在家庭學習時，根生蒂固在母語中的烙印。雖然也有人在異地旅行生活日久，會自然地融入當地口音。但勉強扭曲自己的說話，當然會讓人聽起來彆扭、刺耳又難聽。這就是大人您心中自以為的『高級』、『高尚』嗎？聽其言、可知其人。大人您知道何謂『諂媚』嗎？」

聽到這，眾人終於恍然大悟。原來這古怪的「兒」音，是楊二酉為了讓自己像是高尚或高級的人。於是學著帝都的口音，在說話時附加上去的。

英娜忽然想到：「說語音是母語的烙印。的確郭伯公是漳州人，說話就不自覺的『啊』。那位達吉斯・都奈說的話雖然聽不懂，但尾音中常常有個『刺』音。那使著公總是『俺』，應該是和他主子山東的武財神一樣。雖然有些怪異，但佬密氏的語音中那『喵』聲，也是因為她的本質。但不論是哪一種聽起來都很順耳，不像這楊大人的『假官腔』一樣刺耳。可見心理虛假驕傲的人，語音往往不自覺的刺耳。更奇怪的是，這種人往往感覺不到自己的語調奇怪？」

堂堂監察御史，在老百姓面前被一個退休的老學士諷刺。楊二酉的臉色一陣紅一陣白，氣的心頭狂跳。但眼前這瞎眼學者仍是一身正氣，鎮得虛偽之人不敢猖狂。

更難堪的是……一眾貇戶看到有人出頭，立時一吐剛才委屈的怨氣。一時間七嘴八舌，什麼數典忘祖、什麼泯沒先人，什麼難聽的話都出來了。

只讓監察御史大人氣得臉色黑沉、眉鬚倒豎。但居然就是沒發作出來？

原來這時的皇帝乾隆有「密摺制度」。特定的臣子所寫之機密奏章，可用特定的黃匣子封印直接呈送皇帝。外人無法得知是誰、又寫了什麼。乾隆皇帝於是能避免訊息被朝中權貴所壟斷。

雖然沒人知道，到底有多少人有這密摺之權。

但眼前這林碧山實乃玄學奇術泰斗，深受三朝皇帝尊重，能寫密摺的可能性極大。讓楊二酉即使心中怨恨，卻也顧忌之至。連一句回嘴都不敢說。

英娜看在眼中，卻另有一種想法：「這些漢人貇戶，剛剛還希望本地番族全改漢姓。還要部落直接改宗漢族。現在要自己放棄漢人稱呼，就知道是有多委屈。為何不能將這同理心用在外族之人身上？」

忽然發現，郭光天又在一旁不停地搖頭嘆氣，明顯對同胞的行為感到不齒。

這時，外面一陣騷動，攪動了這混亂的局面。

守衛：「外面有位墾戶黃燕禮，和霄裡的通事知母六，帶著一群土番護衛著不少老百姓來到了大門之前。」

元帥廟的住持周添福一聽，立刻抬頭說到：「啟稟大人！霄裡通事知母六先生與在地墾戶合作維持治安，這次也派出部落戰士保護。剛才大家提議來郭樽避難，便委託知母六與霄裡戰士去接還散在各地的留守人員。」

楊二酉：「哎呀，是傀儡番嗎？好、好、本官去嘉獎一下！」

這時代對於官府控制的部落，往往以「傀儡番」這名稱來稱呼。當然這名稱也帶著一點貶低，與可控制擺布的意思。狼狽的監察御史現在卻當作是抓住了救命繩索，先離開這令人難堪的情景再說。

而一眾墾戶更搓揉著跪到麻木的雙腿，勉力起身出迎。雖然大官沒說，再跪下去只怕要起不來了……趕快趁機走動吧。

然而楊二酉出外一看，卻大奇喊道：「咦？為何這裡的漢人墾戶會有女眷？」

原來自康熙二十三年（一六八四）所頒布的《渡海三禁》法令，禁止渡海而來的漢人墾戶攜家帶眷。也因此單身渡海的男人才在後世有了「羅漢腳」的渾名。

但相關的規定，卻在雍正五年（一七二七）時開始鬆動。

由於重新開放南洋貿易，讓此海島的墾號、郊商與公務人員需求大增。因此也有條件允許墾首與軍官家眷跟隨。

其中也有不少子女在此海島出生，就此留下不再返回中原。到了故事發生時的乾隆六年（一七四一），漢人與在地部落女子結為夫妻的狀況也很常見。

但楊二酉雖是職責巡視民間的監察御史，卻對現實狀況完全不了解。其實這時代由中原過來的官員，似乎都與現實有些隔閡。

於是與現實脫節的監察御史，看到眼前護送的霄裡戰士，反射性地用大官的心態下令：「這些女子是否違法偷渡，等下再查。這邊的番族雇傭，事情辦完後向本官跪安，便滾回山裡吧！別忘了還有禁山令！違者可是要罰一百大板，流放三年的。」

所謂的禁山令，是禁止漢人和番族接觸的命令。在山壁與平地交界處，堆起土丘或告示為界。原意是想避免漢人聯合在地部落掀起叛亂，但實際上眾多部落並非在山裡，這法令實在是與現實脫節的代表作。

而在這時代，漢人一面與平地部落合作開墾，難免也需要和山地部落交易物資，可說是遊走在模糊地帶，其判定完全由官員心證要如何解釋而定。實際上，也確實有不少莫名其妙，違反禁山令而被處罰的例子。

於是一眾墾戶心想：「官字二個口，要是嚴格追究起來，那在場的漢人可能通通有分。最好別惹禍上身！」

但是，大家也知道霄裡的戰力，在這非常時期可是保命的依靠。因此所有墾戶大眼瞪小眼，卻不知如何應對才好。另一邊帶頭的正是知母六與黃燕禮，二人倒也猜到眼前的狀況。

正想行禮過後便先撤走，知母六卻發現，在這大官後方的不正是英娜嗎？

怎能在心儀的女子面前下跪呢？

知母六於是緩而深沉的暗暗吐息、挺胸直腰，又將一股意念凝聚在雙眼。毫不掩飾地直視眼前的大官，更深深射入對方的瞳仁深處。

微微一笑，調整態度與氣勢：「在下霄裡通事知母六，此次與各位墾戶，一同維護鄉里治安。依朝廷規定，凡有功名在身者，拜見官員可免行跪拜之禮。在此見過楊大人。」

語氣不卑不亢，邏輯卻漏洞甚多。

另一邊的楊二酉才閃過一個念頭，想問這人到底是什麼功名？卻覺得這語音，似乎是聽到某種天籟之音，帶有一股魅力、又像是不正常的誘導。一下腦筋昏沉沉、心裡懞咚咚的難以思考。眼前對方的身影莫名的籠罩一層尊貴的光芒，眼光更散發出上司對待部屬的嚴厲氣勢。

楊二酉不自主的生出了面見長輩高官、王公貴族時才有的卑微心理。結結巴巴的回應道：

「是、是……有功名的、免跪……做的好……好！」

後方的林碧山雖然看不到，但感受的氣場卻讓心中一驚：「這人，好厲害！」

於是英娜看到一位高挑健壯，神情和藹的青年。一身儒裝也藏不住壯碩的身材，眼鏡更添三分書卷氣。鶴立在跪成一片參拜的人群之中，顯盡其不凡與英俊的氣質。

而其閃亮的眼神，更顯現能掌握一切的自信。

訝異之餘，英娜想在心中形容這模樣，沒想到身邊的偽娘，卻一字中的。

壺麗不自覺，小聲地說：「帥啊！」

嗯，這倒是真的。

林碧山傳承

好不容易，擺脫了那個討人厭的御史大官。英娜引導林碧山到後面的廂房，英家老爺和加禮已經替大衣清理、包紮好了。

英家老爺：「實在難得，這小男孩大難不死。」

幸好，英娜看著這倖存的龜崙部落後裔。意外地在清洗血汙後，卻是清秀且削瘦的臉孔，此時似乎睡得很安穩。

英娜：「還好，還好，希望你快點好起來。等會要壺麗替你做一點熱湯。」

那個偽娘壺麗自告奮勇去接掌廚房了，還不知道會端什麼東西出來呢。

英家老爺：「說到這壺麗、英娜妳發現這房間有什麼問題嗎？」

看了看周圍，英娜也看不出有什麼問題。不過房間還真乾淨……

英家老爺：「剛剛壺麗只進來幾分鐘，就把這打掃得一塵不染。英娜妳要學學人家，不是說妳不愛乾淨，但每次都忽略角落的灰塵……」

哇！居然被拿來和偽娘比較，還輸了？老實說，這讓英娜心中蠻受傷的。不過嘛……

英娜：「阿公啊！收了這壺麗，不就可以幫忙收拾清掃，而且會煮飯、洗衣服。啊！還不時會找一些化妝品或寶石過來……」

嗯，有偽娘僕人真好嗎？連英娜都歪著頭想了一下。但一抬頭，卻看到英家老爺臉色陰沉。

糟糕！英娜連忙把牙咬緊，眼睛閉上，手抓耳朵準備挨罵。

不過英家老爺在一陣子後，怒氣卻消了：「能怎麼說？阿公是希望妳能自己照顧自己就好。」

沒被罵，英娜反而一下聽得難過。鼻子酸酸的，連忙紅著眼睛道歉。英家老爺也就釋懷了。

林碧山：「祖孫感情真好，先打擾一下。那個活寶御史楊大人還興致勃勃地要明天帶兵去『剿匪』！英家的，你怎麼看？」

「我對那位楊大人沒有任何義務，叫他們自己和赤蓮軍打吧！」

英家老爺語氣不善得回應：「晚上行動，對那些農夫而言還是太危險了。明天一早本人就會帶著一眾墾戶與郭老爺先去避難。嗯，加禮你去和郭老爺說，叫郭老爺帶著墾戶都去睡後面的柴房，前面的廂房都讓給楊大人和官兵。」

有道是人老成精。

林碧山雖是眼盲，卻是心中雪亮：「柴房的位置在後方角落。萬一赤蓮軍來襲，和官兵在前方打起來，後方正好趁機疏散。」

倒也不點破，但卻問道：「英家老爺，你想這群熱血正漢還有多少實力？」

這是很認真地詢問了，英家老爺想了一會回覆道：「照林先生您所說的，那女的很可能是峨嵋派的苁玉師太（音同「縱慾失態」）。這位峨嵋前輩雖非中原武功最高的聖武三皇之一，但也被視為百年難得一見的武學奇才，更重要的是有江湖傳言，這位師太與四位親傳弟子，都在漢流幫會中擔任要職。」

林碧山：「是那個反叛幫會的人嗎？」

聽到這，英家老爺居然莫名一股情緒反彈：「也算是天下第一大幫，有道是『漢流弟子滿天下！』」不暇思索、脫口而出。二人氣氛都一時尷尬。

這「漢流」，或稱「漢留」，正是那傳說中的反叛幫會。當漢人最後王朝在中原覆滅後，只剩鄭成功將軍一脈流落到這海島，積極準備反攻中原再見漢人帝國。期間設立名為「漢留」的情治系統，在中原進行情報顛覆活動。其明便有漢族流傳之一，組織共有五大分部，稱為「五房」。其後鄭成功的軍師、陳永華又將五房中第二房、俗稱金蘭郡的「洪順堂」，擴充成為了後代最大的漢人祕密結社、洪門。

但在這時代「漢流」這名詞，卻更為淺顯易懂而且深入人心，也許是那一句「漢流弟子滿天下」，一語雙關地撫慰了當時被少數異族所統治的漢人心靈。

「朝廷一直希望滿、漢族群間能融合。」

林碧山語氣謙誠地說：「絕沒有歧視漢人的意思，還希望不要誤會。」

「不，是老夫過頭了。」

原本也有為了民族尊嚴奮戰的過去，但也因為某種理由而將這段黑歷史封印的英家老爺心想：「就放下爭執吧，自己也沒立場去說人家。」

於是調整自己的態度後，拉回話題：「這苁玉師太固然是武功高強，但四位女弟子、江湖人稱四姐妹，也是一流高手。」

林碧山：「四姐妹？」

英家老爺：「是的，分別是福女（音腐女）、虞尶（音魚乾）、月時（音肉食）、唄呟（音敗犬）。這四位雖是女流之輩，卻曾在湖南力克十五幫狠盜聯盟。絕對是江湖實力派新秀。」

林碧山：「聽起來不怎麼樣，但不能以名取人。今晚他們來襲的可能性不是沒有，有什麼對策嗎？」

「啊、那個……」

英娜小心的插嘴：「小紅，就是那隻紅鳥說他今晚非常期待那位師太過來。」

接下來要說的話，真的令英娜都覺得丟臉：「他說沒辦法叫壺麗去面對敵人，只好讓敵人來找壺麗。

啊！是說有死神的絕技，面對這種對手的必殺技。」
林碧山：「那隻紅鳥呢？」
英娜：「在屋頂警戒著。」
嗯，鳥類真可靠，人類、偽娘應該檢討。
英家老爺：「總之今晚我會用一點手段，對後方的柴房作偽裝，也會全力守住那些老百姓的安全，但那些官兵我就不管了。」
出乎意料，林碧山居然也點頭同意：「老夫會找時機和那位大人與官兵們再分析一次狀況，但要如何選擇還看他們自己。要是真的想去拼命，吃公家飯的，就要有因公殉職的心理準備。總之，在那之前請讓老夫向英娜小姐說明一下有關符紋的事情。」
英家老爺：「等一下！」
哎呀！難道是有門戶之見嗎？林碧山還待說明，卻聽到英家老爺喝道：「英娜！跪下後叩頭，行拜師禮。以後見到，要叫師傅！」
說完卻逕自離開了。
依這時代的禮節，英娜的確應行拜師之禮。但受禮時林碧山卻莫名的心頭一震！似乎有種異常的沉重，壓得這一代玄學大師連氣都透不過來！
林碧山心中一驚：「不對！這狀況有詭異！」
能成為當代玄學奇術的大家，林碧山靠的便是能超乎常人的感應天賦。此時這詭異的壓力，心知必是抵觸了某種天理或命運的運作所致。

林碧山不禁心想：「難道是這小女孩？還是老夫不小心踏入了天道的運作？」

但隨著英娜行禮完畢起身，這股威壓卻也消失無形。

「英娜小姐請起吧！」

雖然有些不安，但林碧山還是在新收的女學生前隱藏了心中的懷疑。

林碧山：「雖然聽英娜小姐說過大概，不過老夫想仔細的了解這套符紋的系統。還請先將所學的，詳細解說一下吧。」

確實之前藤樹神也說過，林碧山也是和這裡命運有關係的人。於仔細地說明了大語符紋的結構。

林碧山：「英娜小姐算是讀過不少書了，是否讀過歷史，尤其中原漢人的歷史？」

居然要考歷史？英娜先在心中對持著「女子無才便是德」的英家老爺和母親抱怨一聲，然後將不算正經的「小說」上看到的知識組合一下。

英娜：「嗯……三皇五帝、夏、商、周、秦、漢、三國……」

林碧山：「這樣也夠了，並不是要你背誦。」

幸好，英娜不禁鬆口氣。

林碧山：「漢字歷史，自早期模仿萬物象形的甲骨文開始。周朝後期的戰國時代，各國使用各有差異的『大篆』。而到了秦一統天下，第一次中原有了統一的文字『小篆』！」

哇！這簡直是讓人頭痛的開場。讓英娜一下腦筋昏昏的轉不過來，但卻隨口拋出一句問題。

英娜：「所以當權者改變，文字就改變了？」

這突如其來的問句，卻讓一代學者語塞！

學識淵博之人，往往深信文化、文字是一種不可能被國家權力消滅的存在。

但林碧山自己才說出了秦朝書同文的實例，那時的其他國家文字、語言到底差異多少，也已沒人說得清楚了。

一下不知如何回答，於是林碧山岔開話題：「這我們等下再說。到了漢代，又轉變為書寫較容易的直線條『隸書』。但是不管如何演變，都是以『字』為傳承的主體。不過、也有記載著這些文字發音的『韻書』流傳。從唐代的切韻、唐韻開始，記載文字的聲音……」

「停、停！好複雜！」

就算英娜知道失禮，也不由得出聲制止了：「師傅！這、太難了，一下記不住。」

林碧山：「嗯，確實不需要記住這些歷史。在實際運用上，只需記住之後『大宋重修廣韻』使用反切法，也就是現在符紋的切音法就行。」

英娜只有忙不迭地點頭，忽然心想：「不知為何？藤樹神教導時就很有耐心的聽著，但這師傅教的實在很難。」

林碧山：「總之，英娜小姐的符紋法術，似乎依循漢學基礎卻另闢蹊徑。不但依照此地的語音製作，而且刻意地做成特別的形式。嗯，英娜小姐您如果一下不能理解。不是說有一個方陣，還能對照數字？能將『上平去入』也標示在旁的話，就會比較清楚。」

看來那眼盲的學者，卻比自己想得還清楚。英娜只覺得一陣發窘，趕快拿了紙、筆就依言畫出。但畫了方陣，標上數字，卻一下不知要如何將四聲填上。

加禮：「可以用上、下、分別標示不同音階的四聲，順著數字寫過去就可以了。」

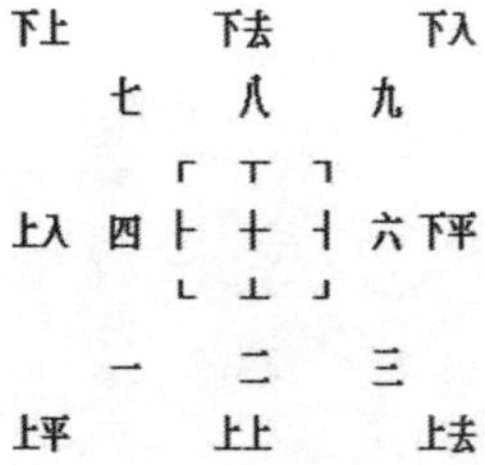

方陣圖

英娜：「哇！都忘記你還在這！不過你怎麼聽得懂？」

加禮：「在旁邊見習，大概也能了解了。」

實在是……比自己聰明囉。英娜有些洩氣。但還是將方陣圖畫了出來。

林碧山：「老夫雖然青瞑（眼盲），但也從英娜小姐的呼吸，知道小姐由自己的畫，明白老夫所說的意思了。這套拚音法的設計，雖然有古老韻書的系統為底。但卻刻意設計成每個字有三個部分，好讓符紋有一致性。」

英娜此時還是似懂非懂，只能「嗯、嗯」幾聲作回應。

林碧山：「重點是這樣的設計，與漢字傳統的以象形為主的傳統全不相同。反而成為一種以『字音』為主體的設計。而字音有一定的模糊地帶，除非很清楚的標示，或是有公信力的，如朝廷公告的標準……」

說到這裡，英娜的那句「所以當權者改變，文字就改變了？」的問題，竟莫名其妙的充塞林碧山的腦海。居然讓他一時間喘不過氣！英娜和加禮連忙上前關心，好一會林碧山才回復。

林碧山：「抱歉！老夫年紀大了……我們繼續吧！由於用字音作基礎，因此英娜小姐之後要做的步驟。就是彙集聲音！簡稱為『彙音』。把眼前的字音拼出來，一一條列好。將用這聲音的字，放到每一條列下面。這是確認聲音為基礎之下，決定哪個字用哪個音。」

英娜：「是一般人說話時的音嗎？」

林碧山：「基本上是的。但日常的對話，常因為地域區隔或對詞句認識不同，就出現不同的語音。甚至對用字的認識也不相同。因此在藤樹神要拚出『大難不死』而觸礁時，老夫才會說用直觀便可。因為在一定的範圍內，其實是英娜小姐在決定哪個字用哪個音。」

真的，好深奧！英娜真的覺得頭昏到有些不行了。

這時英家老爺卻回來了，手上拿著英娜母親留下來的漆器小盒，並拿出裡面的化妝用品。

「娜兒……」

聽到這不常用的稱呼，真的讓英娜心頭一跳。果然英家老爺說道：「阿公對不起妳媽媽。」

說完高舉手刀，一掌將這漆器盒劈得粉碎。

在英娜驚呼聲中，一本小冊子卻由木屑中掉了出來。

英家老爺：「當妳媽媽過世時，要阿公和妳爸爸，答應了不讓妳接觸這世界的黑暗面。但沒想到這黑暗還是找上妳。」

嘆了一聲，撿起這小冊子。是一本封皮沒有任何題字，手工線裝的小簿本。

一家老爺：「二十六年前，中興王……也就是後來被朝廷汙蔑為『鴨母王』的朱一貴，掀起了漢民族起義之戰。但戰場中卻出現一位身穿紅衣、金髮青眼的西洋女巫。不屬於任何陣營，而且行事亦正亦邪、古靈精怪。交戰雙方都在這女巫走下吃過大虧。」

是她！

英娜聽到這裡，心中迴盪之前藤樹神和惑精所說過的話！

蠢事與善事

果然！英家老爺：「這女巫被士兵們稱為魔神雅（音môo-sîn-á）！其所用的法術詭異絕倫，卻有著某種魅力。於是妳的外公廖綸璣，費盡心力的研究之後，留下了這本冊子。」

說著翻開了第一頁，開頭筆畫龍飛鳳舞。

赫然是〈拍掌知聲切音調平仄圖〉！

「廖綸璣？難道是正黃旗、連陽教習的廖綸璣？」

林碧山：「那是個名聞遐邇的法術天才，提倡族群平等與漢、滿文化交流，總是與朝廷高層不對盤，以致仕途一無所進。但在玄術上卻有真才實學。英家果然家學淵博，令人佩服。」

「別給人戴高帽了！」

英家老爺竟然眼神一陣黯然：「也不和林先生隱瞞了！據親家公的說法，這套法術隱藏了一個驚天的祕密。所以，娜兒啊、阿公與妳父母有約定！若非必要，不主動將這份學問傳下去。沒想到神魔還是找上妳！唉……也不知道是禍是福？只有靠妳自己去闖了。」

說完就將〈拍掌知聲切音調平仄圖〉交給英娜。

就這樣，這部由廖綸璣所註的「拍掌知音」由此流傳後世。原本成書的時間，大約是康熙三十九年之間（一七〇〇）。雖然流傳不到二百年，便只剩四十一頁殘本，卻是這門拼音法則，可證實的最早著作。

但在一邊旁聽的林碧山，心中卻沒理由的想到：「雖然也有八旗漢軍，但正黃旗主要幹部都是滿人。而且『英』這個姓氏在漢人間也很少見，這英娜真的是漢人血統嗎？」

但這想法僅一閃而過。有個偽娘，用少女式充滿甜美嘹亮的嗓音，呼叫大家晚飯準備好了。

郭光天：「英娜啊……老夫想辭掉原來的廚子，叫壺麗來接手了。」

「嗯，嗯，嗯……」

嘴中應接不暇的英娜心想：「絕對不會答應的，這實在太好吃了！」

的確，郭家大宅的廚房雖然不是沒有好食材，但味道調理上往往差強人意。

因為這裡雖說是大宅，也的確有一股氣派。但這時代的開墾粗工都是交由渡海而來的單身漢子，也就是羅漢腳農工，要做農務又要下廚是很累的，所以伙食都由郭家大宅這個中心來供應。

想當然爾，一天要準備幾百人份的食物，做粗工的人又不需要精緻美味。郭家的廚子們，能維持一般家庭水準就很不錯了。

但是在偽娘的面前，這個法則不管用。

不管是雞、鴨、魚、肉、蔬菜！

煎、煮、炒、炸、燉湯加清蒸、樣樣都行！

酸、甜、鹹、苦、辣、爽口多變、風味濃郁、而且香氣十足。

所有菜餚全都可口又不失食材的原味。

連米飯都粒粒飽滿，香甜彈牙！

壺麗還特地將蘿蔔、菜葉等做了擺盤造型。將這大廳收拾得乾乾淨淨、擺好清潔的桌椅、準備了附近墾戶加上監察御史兵隊有幾百人的碗筷餐具。備好了茶水，切好了飯後的水果，和當作甜點的綠豆甜湯……

哇！哇！哇！

英娜心想：「這傢伙絕對是生錯了！乾脆找機會把她嫁出去算了。」

英家老爺：「真的是……英娜妳如果有這功夫，明天就可以幫你找個好婆家了。」

為什麼又扯到這裡？小女孩在這偽娘之前根本全面潰敗了嘛。

「那個……林碧山老師沒來用餐嗎？」

問話的正是堂堂監察御史楊二酉。可能是因為剛剛被罵了一頓，口音中那種奇怪的北京腔「兒」便消失了。

順道一提，今天的主桌中，主位當然是讓給大官、楊二酉，然後是屋主、郭光天。英家祖孫和一眾壄首也列席主桌。

不過霄裡的領袖知母六，卻擔心族群身分不同會有麻煩，先帶人回去了。

英家老爺：「回大人的話，林大學士新傷未癒，已先去休息了，有請壺麗……小姐（還是猶豫了）替他準備一份了。」

雖然說去療傷，但英家老爺心中明白。林碧山正為了應付可能的夜襲，而試圖回復部分功力。

反而眼前這糊塗欽差大臣，一點警覺也沒有。聽到唯一比他位階還高的人不在，便放心享受美食，還要郭光天取出地窖的私釀酒。

「在道義上還是提醒一下吧。」

看到這楊二酉有酒便醉，不知死活的模樣。英家老爺忍不住進言：

「稟告大人，這赤蓮軍人數眾多，其中更有不少武功高強的江湖奇人。稍早幸虧有萊崁一族相助，才能順利退敵。為防萬一，可否先聯繫萊崁、霄裡戰士提供支援。再加上大人的兵隊，晚上即使遇襲也可從容應付……」

「一個無知土著就可把他們嚇跑！那他們看到本官帶的強國天朝官兵，豈不是被嚇死了嗎？」

喝得非常愉快的楊二酉毫不考慮說道：「讓你們這些島巴子（英家老爺、郭光天：嗄？）看看本官手下強兵武將。白參將！秀秀你的刀法！」

一個大鬍子武將應聲站起，也不回頭便反手一刀。後面墾戶的桌子「刷」的一聲便裂成兩半。桌上的菜餚也摔的汁水四濺，那桌墾戶卻一下無法反應。直到被湯汁淋了一身，才趕忙驚呼逃竄！

官兵們為這快刀大聲喝采，但英娜卻忍不住想到加禮（怕鬧話，在門前守衛）：「即使用九歲女孩的眼光來看，這將軍也遠不及『我的』萊崁戰士。今晚如果赤蓮軍真打過來，只怕難以抵擋。」

又咬了一口菜，竟然無端大冏：「幹嘛心裡想事情，也加重『我的』所有權啊？」

不由得雙手在空中亂揮，設法趕走妄想，旁人還以為是有蚊了呢。

楊二酉：「白參將幹得好！今晚大伙好好休息，明天一早去降伏那群妖魔小丑！」

官兵又是一陣歡呼，似乎他們已經勝利歸來一般。英家老爺和郭光天對望一眼，只好搖搖頭、隨便他們去了。

但還有一個傢伙無端地多事。

壺麗：「大人果然英明，祝各位將軍馬到成功！」

英娜轉頭一看，天啊！這隻花蝴蝶是哪來的？

壺麗一身紅底、裝飾著用藍、黑條紋的長袖上衣，搭配著相同樣式的短裙。不像當時漢人女性，將身體包的緊緊的不漏肌膚。壺麗的短裙還不到膝蓋，露出一點大腿。小腿上包著相同樣式的束腿，底下一雙赤足，卻是柔嫩白皙與足裸上的寶石細鍊互相輝映。

頭上也纏著紅色的頭巾，還插了小小的花朵點綴。再搭上一點點的淡妝，和嬌柔到不行的嗓音。

在場所有人，連英娜都呆了好一陣子。直到壺麗用超乎常人的速度、收拾破碎碗盤、整桌重端上菜，還送上濕手巾讓人擦拭汙漬。才想到：「壺麗、你在幹什麼？」

壺麗：「啊、主人！我在幫忙。」

英娜：「看的出來……只是……妳這樣……」

真的是哪裡有些不對勁，但是又好像很合理。英娜這時才發現，壺麗看起來似乎比自己大了一、二歲……

壺麗笑道：「有控制一下『小人術』，手腳長一點比較好做事。」

嗯，很盡職的偽娘嗎？

場中墾戶已有人認出，這壺麗就是之前英娜的侍從，也有不少其他墾號的羅漢腳，開始詢問這位「內山姑娘」的底細。

英娜心想：「對啊，這時代沒有漢人住在山中，所以『內山姑娘』一定是部落的嘛。可是……可是……哇！壺麗別這樣欺騙人家感情啊！」

不過隨著越來越多人搭訕與出言稱讚，這偽娘也越來越高興的樣子。

英娜忽然明白：「這個壺麗，就是哪種需要人疼愛的角色嗎？」

雖然精神上不知為何嚴重的變形了，但本質上還是個孩子嗎？還在思考時，另一位精神上就是骯髒大人的，卻先開口了。

楊二酉打了一聲酒嗝，問到：「這位小姑娘好漂亮啊，又會做菜、手腳俐落、嘴巴又甜。是你郭家的侍妾嗎？」

侍妾？是小孩子呀？不過重點是這誤會大了，郭光天忙澄清：「回大人的話。這位壺麗小姐，是英娜小姐的朋友。雖也幫忙一些家務，但並非下僕。」

楊二酉：「這麼漂亮又能幹，本官實在非常中意。今晚二更之後，要她送消夜到我房裡來吧？」

英娜還未會意過來，正奇怪為何要這樣慎重地吃消夜。英家老爺和郭光天卻是臉色鐵青，心中暗罵。原來時代漢人的文化，極端注重男女之防，更是嚴禁孤男寡女，在夜中共處一房的狀況。但同時間，傳統漢文化有將女子視為男人財產的傾向。在一些骯髒汙穢的官場檯面下，以女性招待的交易也屢見不鮮。因此這類送消夜、打洗腳水等等，要女人在晚上單獨去男人房間要求，也是一種詢問的暗語。英家老爺和郭光天都是老江湖了，怎會聽不出其中的含意？

楊二酉只見酒意已有八、九分：「這樣的美人，侍在番族的部落實在太可惜了。好好服侍，賞賜絕不會少！」

什麼叫好好服侍？這下連英娜也發覺不對了。

這偽娘卻不知為何？話只聽一半。

「美人？會做菜？能幹？」

壺麗眼睛忽然放出光芒：「沒問題！大人您的宵夜一定會用十倍努力下去做！包您回味無窮！」

搞什麼啊？這傢伙不知道要避開怪叔叔嗎？英娜立時站起來就要制止。

同時郭光天與英家老爺也心有靈犀：「怎可容忍這混蛋胡作非為！大不了得罪了權貴，再請林碧山來擋著便是。」

二人於是也要出聲阻止！

但說是遲、哪時快！一束紅色的閃電由門口以霹靂雷霆之勢急衝而至！竟是在這海島威名遠播的紅羽異鳥！小紅此時豁盡全力，超越自己極限！瞬間停在英娜身旁。翅膀一揮，竟堵這英娜嘴巴？

英家老爺才轉頭要了解狀況，小紅立刻用盡全力伸張身體，幾乎超越鴿子體型的極限。揮出另一隻翅膀，一樣堵住了英家老爺的嘴。

再過去的郭光天此時也發現異狀，一回頭卻和紅羽異鳥的獨眼對上了。一股超乎常理的精神力量，居然震攝著光天大老爺動彈不得。

只聽的這紅羽異鳥「咕咕咕」叫了幾聲，卻沒人聽懂。英娜卻想到，現在還將惑精的分支插在腰間。

英娜：「惑精妳能否變小一點，別嚇到別人。告訴我小紅在說什麼？」

惑精果然用變成手指大小，貼在英娜耳邊說道：「小姐，他說千萬別阻止他們！」

咦？難道這傢伙想把壺麗賣掉嗎？只聽小紅有咕咕叫了幾聲，而且表情居然……有點邪惡……

惑精：「小姐，他說反正這笨官也不能對壺麗做什麼？而且，一次讓二個笨蛋同時倒楣的好事，要做三輩子善事才看的到。請我們千萬別阻止！」

原來如此！英家祖孫和郭光天恍然大悟。三人不由得想像，楊二酉發現壺麗是偽娘時的狀況……

這時「砰」的一聲，卻是紅羽異鳥剛剛姿勢太過勉強，結果摔在地上。

但見雖是鳥類，小紅此時卻滿臉的笑意。卻又拼命忍住，忍得全身發抖，又怕讓壺麗發現。

最後……誰也沒有挺身阻止這場蠢事。

決戰之前

是夜，郭家大宅所在的圳頭，四周此時卻是一片緊張氣氛。剛剛在晚餐時露了一手快刀的白參將，此時並不向他的上司那樣樂觀。

為了害怕軍隊與在地勢力結合叛亂。這時代由中原派過來的駐軍，都是來這海島駐派三年便要返回中原，也因此被冠以「汎兵」之名，這名詞意指像是魚一樣游來游去。

「大家都有親人在大海對岸那邊，這二天千萬要繃緊神經。不要冒險，不要大意。我們是軍人，遵從命令是天職。但是……」

白參將：「我也希望大家都能活著離開這個鬼島！」

雖然用這稱呼對島上居民有些不尊重，但現在對激勵士氣卻有奇效。畢竟誰都不希望在異鄉橫死，有些老兵在這海島已有過血戰經歷，對長官的叮嚀更是點頭同意。

白參將於是轉頭對著後方的老人說：「現在，只能或盡全力應戰了。」

在白參將後方的老人，正是林碧山。雖然口頭上強硬，但還是找了個機會和楊二酉以及兵隊負責人長談，或者應該說是警告！

白參將：「屬下雖沒直接遇上，但也聽前輩說過這海島有能在陰影中偷東西的矮人，以及一個滿頭白髮，能驅使巨蟒的婦人。」

林碧山點頭道：「根據所收集的傳說。那位在陰影內偷東西的，是鄒（Cou）族傳說中的矮人、馬費優（音Meefucu）。而那個白髮婦人，應該就是魯凱（Drekay）族神話中的蛇神莉莉烏庫（Liliwku）。你那些前輩見到這些神話人物還能生還，實在是命大。」

沉默了一會之後，林碧山示意白參將跟著自己到大宅後方。

白參將：「咦？怎麼這麼安靜？那些頿戶都跑哪裡去了？」

放開感覺，林碧山也發現除了官兵之外，只剩壺麗還在廚房忙著為御史大人做消夜。心想：「這英家老爺說到做到，將所有頿戶全趕到了柴房去，只剩不會受傷的壺麗（心中猶豫……）小姐一人在前面擾亂視聽。要讓官兵自己去面對赤蓮軍的夜襲！」

「求救的信差派出去了嗎？」

完全沒把握這一代高手是否會協助，林碧山唯有要官兵派出求救信差。

白參將：「是，已經派出去了！霄裡的知母六並沒有遠去，馬上就連絡上了。」

是預測到今晚可能會有戰鬥吧。林碧山越來越覺得此人絕不簡單。

白參將：「另一邊要士兵到元帥廟外大喊『郭樽需要佬密氏支援』是何用意？」

林碧山：「那佬密氏是萊炭部落的領袖，更是眼下唯一有能力與叛軍對抗的強者。今晚這人是否參戰，實在關乎生死！」

雖然不明所以，但白參將也聽出那話語中對於此戰的凶險預測。心底發寒之餘，隨著林碧山走入一間廂房。

林碧山：「幸好之前老夫和助手晉安的行李都沒人動過。請白參將到那角落去。」

白參將依言站定，只聽林碧山低聲不知念些什麼？房間角落忽然升起一陣霞煙，隨後竟出現了一只上方繪有八卦圖樣的小木盒。

林碧山：「老夫施了幻術，以防宵小竊盜。但現在雙手俱殘，再下來就需要你幫忙一下了。請將盒子放在桌上，先用手指按八卦最下方的坤位，再按上方乾位……」

一一按過所指掛位，只見木盒「叭」的一聲彈了開來。裡面有四粒蠟丸和一隻陶土麒麟。再指示下白參將把一只蠟丸捏碎，內裡是一隻馨香撲鼻的白色藥丸，並幫助林碧山服下。

林碧山：「換命練功九邪丹！一粒便可抵二十年功力，現在這非常時期更可協助回復功力！」

白參將：「這麼厲害！那麼這非常時期，是否可利用這神丹，增加幾個高手一齊抗敵……」

最後的話沒有說完，因為白參將已被眼前的變化驚得呆了。

林碧山本已衰老的面容，忽地更加皺紋橫生，本已蒼白的頭髮，更是枯萎焦黃，連身形都變的有些萎縮。

「是可以這麼做，但要有所覺悟。」

林碧山：「此藥如其名，已壽命換取所生功力。但今日不計代價！就以一命報效國家、殲滅敵人、死而後已！」

雖然軀體不斷衰老，但這老翰林的戰意卻席捲每寸空間！

林碧山：「如果今晚此地的異鳥與壺麗小姐的組合，能克制那不死的妖尼！萊炭的佬密氏、霄裡的知母六與郭樽的英家老爺也全力參戰。再加上回復功力的老夫！今晚的郭家大宅，就是這群自命熱血正漢的『死地』！」

◆

前方情勢詭異，而後方柴房的……地下。

「哇！阿公實在也太厲害了！」

利用土行法術，英家老爺在柴房的下方挖了能容納數百人的大地窖！不但通風良好，即使在底下點蠟燭、火把都行。而且還挖通了數個逃生的地道，並對地道和柴房的出入口都做了掩護的偽裝。趁著前方的官兵沒注意到時，英家老爺和郭光天已將傷重的大衣和一眾墾戶搬入地窖。

英家老爺：「最理想的情況，就是各位能在這躲到明天早上。只要天一亮，立刻就順著沿海小徑先北上逃生。即使上方被攻陷，只要對方沒發現這躲藏地窖，各位仍可由逃生地道疏散。」

交代完便整裝要回到地上準備戰鬥，將眾人安全交代給加禮。這戰士的氣質，就是這樣的讓人放心。然而看著阿公轉身去面對強敵，英娜真的覺得，自己真的幫不上忙嗎？自己好歹也會……一點點法術。而且阿公居然將那個偽娘（壼麗、哈啾？）當成重要戰力！總覺得自己應該能做更多的事。

雖說加禮也在這守衛。但是英娜的心中，就是鬧著彆扭在那亂想著。

「這套大語符紋必須在一定的規則下作用。現在已知道八音的規則，知道所有的子音。但是母音，卻只知道幾個。」

想著想著，於是將所知的母音列出。除了最早知道的「君、沽」之外，還有在拚「大難不死」中學到的其他母音。

於是、目前可用的大語符紋母音：

皆（kai）、干（kan）、君（kun）、艍（ku）、沽（kò）

「應該可用八音找出不少字了吧？」

但要去推算字，英娜的功力還不夠。忽然想到外公（外祖父）留下的拍掌知音，於是要加禮拿著蠟燭，自己開始仔細翻看。

但不久就發現，外公對於這語音的研究，還在初始的階段。雖然十五個子音算是相同，但母音不但截然不同，而且……

「沒有四聲中的『上』音相同的規則。雖說所取的音大致相同，但似乎也不太一樣。這本書還在實驗中！甚至還算不上是半完成品。」

雖然如此，英娜還是希望能當作參考。於是仔細翻閱，但看到後方一堆字圖，卻又不禁頭昏腦脹！

然而此時惑精卻又悄悄跑出來，看了一會後低聲說道：「這和真正符紋的母音還是不同呢，剛開始應是九一、君，八一、堅……」

英娜：「是啊、感覺上外公是隨手抓了字硬湊上去……等等！惑精妳知道大語符紋的母音？」

惑精：「稍早母親（藤樹神）有幫助我提昇了修為，腦中自然就浮現了幾個母音與對數。」

英娜：「那總共有幾個？」

惑精：「不知道耶，還是要問母親才行。」

英娜想了一下，趁現在還有一點時間：「惑精將妳知道的都說出來吧，我們能多拚出一些字音，說不定等下就是救命的關鍵！」

◆

夜幕降下、郭家大宅全軍警戒！

但屋頂上的紅羽異鳥卻發現的空中有異狀。立刻飛去探查，卻就此沒了消息！

妖女來襲

當晚眾人繃緊了所有神經！白參將把主力用於保護楊二酉，四周則設下警備哨兵。自己帶一隊親兵來回巡視，幸好還沒發現什麼異狀。

白參將心想：「會否林大學士太過頭，那些叛軍根本沒膽在這時來襲？」才起了僥倖之心，忽聽到不遠處的哨所傳來異聲。仔細聽來，竟是女性的呻吟之聲！而且一聽就知道是女方享受放浪淫行，絕無被強迫要脅的狀況。

「難道是士兵勾搭民家婦女？就算你情我願，在這特別時候仍應是做『怠忽職守』處置！」

白參將一怒之下便要執行軍法，眼前卻突然出現了詭異莫名的情況！

一個雙十年華，面容姣好的女子，穿著像是尼姑穿的道袍，但袍子卻拉高到胸前，卡在碩大的乳房之上。下半身也是赤裸的，露出臀部和一雙修長、健壯、潔白的雙腿。

而這女（尼姑？）毫不知恥的騎在另一個沒穿褲子的士兵身上。雙手抓著對方雙手，下身不斷地擺動著。豪乳更壓著士兵的臉，幾乎讓他窒息。

這是可用艷福不淺來形容的場景嗎？但不知為何？一股第六感，卻讓白參將和他的親兵們心生恐懼！同時白參將眼尖，更看到幾套軍服散在這對交合的男女後方，心想：「這崗哨應還有好幾個士兵才對啊！其他人呢？」

「哎呀！還有好多男人呀！」

這女子一抬頭，果然是一副淫蕩、渴望、又像是發現新玩具的笑容。忽然這提唇吹了一口冷氣！冰寒刺骨夾著一股腥臭，但眾男人跨下的「一根」居然立刻硬如鐵鑄！

雖說是適合這場合的反應，但白參將卻心中恐懼更甚：「喂！你們有在身子發冷、發抖的狀況下

『硬』起來過嗎？」

一般是慾火難耐的衝動下才行吧？但現在這群男人全身冰冷，膽寒腎虧！生理反應實在不正常到了極點！

「吸了本座的『堅忍氣』，不管願不願意都會一柱擎天！絕不會丟臉的半途軟掉。」

這女子笑得極為浪蕩，但白參將卻生出一種被毒蛇猛獸當成獵物的錯覺。

但就如所說的一樣，一般會恐懼到縮陽的情況，現在各人下身卻更為怒張！只是腰桿卻越來越癱軟，雙腳更是忍不住抖個不停！

這時被壓制的士兵，好不容易轉頭將臉由一對豪乳旁露了出來，使盡吃奶的力氣喊叫：「不行！快逃呀！啊、啊、啊啊啊呀……」

最後之所以喊聲奇特，卻是男人衝刺到頂的生理反應。

但還不只於此！只見這士兵就這樣翻著白眼，張大嘴口吐白沫！表情詭異莫名、似是喜悅與恐懼的混和，皮膚卻開始乾燥龜裂，肌肉更萎縮焦黑！若非還在拼命掙扎，還以為被吸乾變成了殭屍！

與男人相反！

這女人雙腿大開而且肌肉緊繃，腰、臀顫抖，挺胸直背，更不顧雄偉雙峰和身材毫無保留的展示在一群男人面前。仰著頭，雙眸瞇成一線，張嘴浮現滿足笑容：「還不錯、還不錯！這趟值得！」

說完「咯」的一聲，整個下顎骨脫離，張成了一只血盆大口！

身下的士兵更意識到了結局，發出一聲慘叫。但哀號卻半途中斷，人頭已被女子俯身一口咬斷！一片寧靜中，只有這女子咀嚼的奇異聲響。

白參將和一眾親兵此時嚇得呆在當場，有人更怕得想漏尿，但棒子卻又脹在那裡灑不出來。

好一會後，這女子才又抬起頭來，已回復一般雙十年華女性的姣好面容。伸出舌頭舔了舔嘴、似乎意猶未盡。一挺腰站了了起來，下方乾枯的無頭男屍竟碎成了灰燼。

「啪」的一聲，某長物掉在腳邊，卻是本來在女子體內，那可憐士兵的陽根。竟還硬的！這女子伸手撿了起來，放到道袍的口袋。

「真不錯、真不錯！可以用上一陣子。現在……」

這女子抬起頭來，笑著說道：「本人，苁玉師太座下女徒、四姐妹之月時（音肉食）女！下一個要挑戰請上來吧！」

也不知是誰呼喊一聲！白參將與一眾親兵也不顧胯下「堅硬」的器官擦著大腿好不難受！先全力逃出生天再說！

月時：「哎呀！怎麼看到美女就逃呢？男人不都喜歡嚐鮮嗎？」

這……再不逃只怕都被啃光了，是誰要嚐鮮啊？男人越想越害怕，也越跑越快！

然而背後風聲大作，這月時居然凌空追來！雙爪森森，就要往白參將頭頂抓下！

一道寒茫卻橫向殺出！乃是英家老爺來援。一刀砍向月時後頸，要對方縮手自救。

沒想到月時卻反手一爪疾攻，竟是毫不防守要拚個二敗俱傷？

「果然夠狠！可惜沒機會了！」

英家老爺左手卻又拔出一把鍛打剁刀，二手雙刀，一刀直斷利爪、另一刀更狠狠砍飛月時人頭。然而下一秒，無頭的身體竟勾腿旋踢反攻？

出乎意料之外的攻擊！但英家老爺卻沒有因此而慌亂，彎腰跨步，緊貼著地面避開這一擊。同時快刀上撩，將這女子大腿削掉了一整塊肉！

但這斷了頭、去了一隻手、腿傷深可見骨的月時。居然還很敏捷的半空扭身，還抄起自己的人頭。這人頭，更稀奇的吐出人話：「哩嗨（厲害）……米、波西川（名不虛傳）！」

「剛剛那刀砍斷了聲帶吧？」

英家老爺心中警戒：「老夫看過不少怪物，妳也算很特別啊。」

月時：「狗南……嗯，果然不應該大意啊！」

這女子一面說話，頸部的傷口居然以肉眼可見的速度接合！被砍斷的手和削去的腿肉，也逐漸再生。但此時卻一換放蕩的神情，雙眼睛光四射、吐息均勻綿長。雖是空手，這一絲不掛的女子擺出功架，卻全無破綻，更望之有如剽悍野獸將要全力衝刺撲殺一般。嬌嫩軀體中，竟似有著無窮的爆發力量。一望即知可列入高手行列！

「坆玉師太座下弟子月時，在此挑戰『黑水溝二岸第一奇人』！請多指教。」

前方敵人蓄勢待發！英家老爺卻是臉朝側轉，正眼也不瞧一下，卻又不時用眼角警戒著後方！

「厲害！想偷襲也沒有機會！」

一聲冷笑！少林叛僧、大癡，此時從陰影中出現。一伸手、四隻長劍凌空飛起。飛劍不斷在英家老爺身周盤旋，封鎖去路更與月時形成了夾擊之勢。

英家老爺不敢大意！雙手剁刀反持緊貼前臂、架式重於防守更甚攻擊。凝神聚氣、準備迎接這凶險一戰。

白參將一行人則沒命地逃離現場，好不容易逃到後備隊所在的偏廳，卻發現所有人都躺著，似乎睡成了一片。

「你們這時候還睡？起來呀！呼、呼、有敵人！」

跑得氣喘吁吁，白參將想罵人也罵不兇。忽然嗅到一股又甜又膩的氣息，只讓人心情一鬆。忽然間，胯下的也終於軟下去了。

白參將：「哎呀……軟下去了，沒想到有一天會這麼高興他軟下去。」

這倒是真的，在跑步時不斷碰撞的痛，只有男人方知。

但不只胯下放鬆，白參將竟感覺全身都極度痠軟，一旁的士兵更是連站都站不穩，手一拉卻連白參將都被拉倒。

後方的士兵也陸續被絆倒，眾人想爬起身，卻又全身使不上力。最後竟是一群士兵詭異的抱在一起，完全不體面的在地上翻滾糾纏。

「快滾開啊！老子又不是基！」

「我也不是鴨啊！但為什麼拉不開呢？」

白參將此時和部下不自然的在地上糾纏，只覺得極度莫名噁心。但不管怎樣掙扎，就是無法解脫也站不起來。忽然滾到先前倒在地上的士兵旁，卻幾乎嚇破了膽！

那些纏抱在一起的士兵，全身連四肢都軟軟的捲在一起。竟有如全身的骨頭也都被醋浸軟了！連肌肉也爛爛的攤著，而且散發出一股奇怪的味道。

白參將大驚：「是腐敗的味道！這群士兵『爛到死』了？救命啊！大家快爬起來逃啊！」

喊歸喊，但就是解不開也爬不起來。

「哎呀，不要那麼緊張嘛。男人糾纏男人很漂亮的啊，別破壞氣氛！」

抬頭一看，卻是一位身著素淨尼姑服的女子由陰影處現身。這女子，看不出一絲的邪氣，也沒有恐怖的殺意。反而雙眼朦朧、臉頰暈紅、呼吸急促、雙手還交疊著攏在胸前、即使隔著尼姑袍，也能看出這女子夾著雙腿不斷摩擦，似乎心頭小鹿亂撞到了極點。

「在下苁玉師太坐下福女（音腐女）。你們有幸在小女子的福南鳩禪（音腐男糾纏）掌的勁力帶領下，演出人類最偉大的行為。不要破壞氣氛啊，讓小女子好好觀摩。啊……對啊！」

還觀摩？再演下去可就要命了！白參將和一眾士兵越來越怕。但就是沒法掙脫同伴！

◆

另一方面在地窖裡的英娜與惑精則把握時間，全力拚解能用的符紋。終於在原有的四個母音基礎上拚出：

滾（君上上求）、隱（君上上鶯）、睏（君上去去）、

滑（君下入求）、不（君上入邊）、看（干上去去）、

慢（干下去門）、寒（干下平喜）、難（干下平柳）、

火（沽上上喜）、大（皆下去地）、雨（艍上上鶯）、

死（艍上上時）

還有唯一在惑精所提示的其他母音中拼出來的：

雷（規下平柳）

一共十五個符紋。

「這次沒有更多時間的話，就靠這些符紋撐場面了。」

當然也知道實際上可能用不到，但多一分準備總是多一點保障。

英娜心想：「這裡有阿公佈下的幻術結界，應該不會被發現吧？其實是我想太多了。」

倒是自己也累了。於是伸了伸懶腰，放鬆一下。

汪、汪！

咦？是有小狗嗎？

英娜抬頭一看。一位年約十歲的女孩，身穿尼姑道服，在一眾墾戶間不斷穿梭。雖然看起來像是個樸素的小女尼，但是姿態卻很不雅。竟然是四肢著地、像狗一樣在地上用四肢爬行。而且不時抬頭，像狗一樣用鼻子不知在嗅著什麼？

忽然這小女孩似乎發現了目標。後腿一撐，還真的像狗一樣跳了起來，就落在郭光天的面前。還雙手著地，手掌放在曲張的雙腿中間，像是狗一樣坐在地上。

連郭光天也眉頭一皺：「這位小妹妹的坐姿實在不雅，妳父母有在這嗎？」

「我父母去世很久了，汪。」

這小女孩笑著說道：「但是謝謝關心喲！汪！伯伯你就是人稱『光天大老爺』的那一位嗎？」

郭光天：「哎呀！大老爺不敢當，但本人就是。小妹妹妳的聲音好好聽呀。」

這女孩一聽人家稱讚，笑的更是燦爛，卻又將舌頭伸出，模樣簡直像是受到稱讚的寵物犬。

英娜卻是心中一驚：「不妙！如果沒人認識這怪女孩，那只有一種可能。」

幾乎同時，加禮也拔出番刀擋在身前。

在前方的通道中出現的，竟然是少林叛僧、三癡、四癡和五癡！

「小女犬乃是炏玉師太所撰養的唄呟（音敗犬），什麼幻術結界，都瞞不過我的狗鼻子喲！汪！」

唄呟高興地指著自己的鼻子說道。

最後傳人

就在白參將等人被福女的奇異掌法所操控，而互相糾纏時。一道冷烈寒氣忽然由地面竄出！讓眾士兵肌肉不由得緊縮，卻就此回復操控能力。終於能狼狽的分開，脫離這令人難堪的擁抱。

絕技竟然失效，福女不由一呆。

一聲爆喝！竟是林碧山夾著一股驚人氣勢連環踢到，重重腿影封鎖對手所有去路，要一招將敵人斃於腳下！

然而福女卻是不逃不避！雙掌迴旋、連綿不絕。看似柔軟無力，卻守的密不透風。居然擋下林碧山的殺招！

林碧山：「這綿掌功夫果然名不虛傳，但失態的行徑卻令人髮指！」

福女：「哎呀、那是你們男人的慾望啊。小女子只是喜歡旁觀而已。而且你居然能逃過追擊也很了不起啊。」

追擊？白參將好不容易逃出生天，聽到這話卻忍不住心頭狂跳！

抬頭一望，林碧山的身後竟有數十個浮在半空中的人頭！後方更跟著一位女子與一個看起來像是骷髏的僧人，正是陳蓋和二癡！

更可怕的是，陳蓋竟然拎著一個士兵的人頭，就這樣貪懂著喝著斷口滴下來的鮮血。

白參將等人幾乎嚇破了膽。但喝血的女子卻豪不在意，只冷冷地盯著眼前的林碧山：「你這老頭很了不起啊，被我們二個一路追殺，還能逃到這裡救人？但看你還能躲到何時？上！」

一聲令下！數十個飛頭蠻立時撲上，要將這盲眼的老人咬成碎片！

在地窖中。

英娜心想：「沒想到對方居然有這條唄呟（音敗犬）可以識破結界偽裝，這下麻煩了！」

在地窖內，只有加禮一人擋在少林叛僧面前。更糟的是，隨後還有不少赤連軍眾出現！本來在地窖內的漢人婁戶看到這狀況，都怕的縮在牆邊。反而在地上昏睡中的大农，成了突出的一人。此外只有郭光天因為家主的尊嚴，而站在加禮的身後。

而英娜也鼓起勇氣準備作戰，更想試試新學的法術。

郭光天卻勸道：「英娜快到後面去，這裡太危險了！」

甚麼啊！人家可是努力準備了，現在可是滿心想表現說！

「沒錯！小姐請先站到後面，讓加禮驅逐這群壞蛋！」

連加禮也這樣說！但這次居然有人替英娜幫腔？

五癡：「你確定沒有這小姐的幫忙可以嗎？上次在山中勝負未分，這次一定要砍下你的頭！」

對喲、英娜這時才想起來。上次為了救那搞笑的壺麗，加禮已經在山中和這二個打過一次了才對。雖然不知勝負，但當時怎麼看都不像有吃虧的樣子。

四癡：「沒錯！這次有苡玉師太門下弟子和三師兄助陣，定要一雪前恥！給我納命來……哇！」

話還沒說完，加禮卻忽然出現在身前三尺之處！

嚴格說加禮並沒有任何動作，甚至沒有跨出一步。只是左小腿後肌肉猛然一「蹭」！

這樣的動作，一般人最多只能前進幾吋的距離。但加禮卻一下前衝幾步，番刀更閃電般疾砍！

幸而四癡反應也算迅速，在這一瞬間躬身往後一仰。

足以開膛破腹的一刀，鋒刃僅僅擦破皮肉。雖然險險逃過一劫，卻也因為避得太倉促，四癡竟自己重重仰摔在地上！不但狼狽，而且好不疼痛！

但加禮這刀卻威勢不減！循著軌跡、勁斬向五癡頸項！

這斷手僧人反應也不慢，立時舉起左手鐵義肢格擋，要截下敵人兵刃同時出劍反擊，正是五癡的必勝絕招。

不過此時擋是擋到了，卻被一股無匹刀勁給壓了回來！不但讓反擊的長劍刺不出去，連身形都被壓的重心不穩倒向一邊。左手臂架式更受力變形，眼看這刀鋒已緊貼著頸側動脈！

「要沒命了！」

死亡的陰影罷罩！動物的求生本能，讓五癡下意識的擊發義肢中的鐵炮！

一聲巨響，火炮幾乎在這和尚的臉前擊發。受到震波影響，只讓這五癡在一片煙霧中連滾帶摔，撞到牆邊才停下。

不但耳邊金鼓齊鳴，而且眼前失去焦點一片朦朧。忽感脖子旁一片熱流，才驚覺剛剛那刀還是劃傷了脖子表皮。

一刀！

加禮，大肚王國的最後傳人！此刻竟一刀威震二邪僧！

四癡、五癡死裡逃生，霎時不禁全身冷汗。

煙霧中，只隱約見到一大一小身影在交互穿梭。定睛一看，卻是三癡出手牽制。其所持的玄鐵劍，長度幾乎與人同高。不但鋒利無匹、斷鋼斬鐵、揮舞起來更是聲勢威猛！

但加禮卻完全不畏懼對手的巨劍，反用一把比前臂稍長一點的番刀搶攻！

靠著敏捷的速度，與膽大心細的判斷。這年輕勇士不斷利用對方動作過大的破綻，切入近距離攻擊。居然還漸居上風，幾次讓三癡陷入險境！

「要連三癡都敗陣，就沒辦法戰勝了！」

四癡、五癡於是揮劍加入戰局。三人系出同門，攻守進退之間幾乎沒有空隙。

但……也只能說是幾乎沒有空隙……

只見加禮將全身的柔軟度發揮到了極致！一次兵器交擊的聲響也沒有，卻在三把長劍的風切聲中，猶如豪不受力的棉絮般。總是在利刃的邊緣滑過，還能不時快刀反擊。竟是以一快打三慢！交鋒不停、毫不遜色！

「嗯、嗯、嗯！這番族戰士不是用任何武學門派的身法。全憑著柔軟又協調的肌肉，和天生的反應來閃避敵人。太多不必要的動作，技巧其實也不夠。嗯、嗯、嗯！了不起！只要稍微指導一下，絕對是足以稱霸一方武林的高手！」

唄呟（音敗犬）讚賞之餘，忍不住大聲問道：「喂、帥哥！要不要投入峨眉門下？保證美女如雲的學習環境喲！汪！」

英娜：「搞什麼呀！怎麼可以在戰陣中還挖腳『我的』加禮呢？」

對呀！實在太亂來了！英娜氣憤之餘，也不由得心想：「難怪阿公對加禮這麼信任。上次遇到大癡是還差一點，但確實是年輕一代高手。哎呀！剛剛幹嘛強調『我的』所有權啊？還在眾人面前！羞死了！」

雖然好像不是第一次了，但英娜還是臉頰一片緋紅。

此時前方局勢又生變化！一眾赤蓮軍眼見主帥失利，也紛紛上前助陣。雖然一開始互動不佳、一人想奇襲卻被加禮砍了手臂。另一個更慘，不幸被三癡大劍意外的削掉了腦袋！但不久即抓住節奏，和三僧配合包圍之下，逐漸壓縮加禮的活動範圍！

眼見局勢走向不利，英娜也暗暗喚出大語符紋方陣。心想：「反正沒人看的到，找機會使用睏（音khùn）符紋，一口氣讓這群人睡著。」

但才伸指，手卻被一把抓住！

唄呟：「妳要做什麼？」

咦？居然有人能看到大語符紋？英娜不禁大為緊張。

唄呟：「姐姐你是要使用法術嗎？還是要和誰打暗號嗎？不要亂動喲！」

英娜不禁寒毛倒豎！剛剛唄呟還像是個無害的小狗。現在臉色一變，卻活像隻要將人從頭吞下的惡犬一般！但同時也了解：「這隻敗犬看不到大語符紋，而是我的樣子洩漏了意圖。」

於是眼睛盯著唄呟，擺出笑臉說道：「沒有啊、不要想太多了。沒有做任何事啦。」

但大語符紋其實不用指頭也能運作。英娜於是一面讓敵人放低戒心，一面卻用意志讓大語符紋成形。心中暗叫：「要妳敗犬變睡犬！上！」

大語符紋：

（睏 khùn）

英娜是用意志指揮出擊的！但人的身體實在很微妙，明明不需要用到的指頭，還是稍微地顫了一下。在下一秒鐘，竟發現自己被拋到半空中！

唄呟的反應神速！

雖然看不到符紋運作，但在感到危險的一瞬間，立刻將英娜甩了出去，並同時翻身避開無形的威脅。

然而符紋已出，不偏不倚打中一旁的郭光天。立刻讓全神關注戰局的光天大老爺墜入了夢鄉，往後一倒躺在大农的身上。竟成了這場戰役第一個被符紋擺平的犧牲者！

但英娜人在半空還未落地，一隻強壯的膀臂已穩穩地將這女孩給攔腰反抱了起來。

卻是加禮拋下了對手，趕回來保護英娜！其動作之迅速，連前方的三僧和赤蓮軍竟都無法攔阻！

但一聲狂吠，唄呟狗爪已瘋狂抓到。加禮看也不看，反手一刀劈了過去。

卻聽得似乎是瓷器、玻璃破碎的聲音。唄呟竟空手打碎了鐵刀！更一爪直插入加禮的背脊！

「不！」

清楚地看到加禮受傷，英娜卻只能大叫一聲！

但覺身體猛然一沉！卻是加禮憑著閃電邊的反射神經，在這千鈞一髮之際急忙彎腰，同時一計後踢，將還來不及發勁的唄呟迫退一步。

眼見狗爪沾血，卻只抓下一塊衣服。唄呟氣的五指爪勁爆發，布料竟像被鞭炮炸到似的「碰」的一聲粉碎！

「好厲害！」

英娜從戰士的肩膀上轉身看到，也忍不住喝采。雖然這一下處境更為不妙，九歲的小女孩一開口卻是真心的讚賞。

但忽然之間，眼前的世界又開始急遽搖晃！還沒適應過來，在加禮脖子旁、英娜的耳邊、忽然穿出了一隻長劍！而後方卻傳來鈍物撞擊的爆響！

英娜這才發現是四癡偷襲！只是加禮的感覺何等機靈！閃避同時連消帶打，一計短拳擊退四癡。

但後面三癡揮舞著巨劍補上，更後方五癡也做勢要發射義肢鐵炮！

赤蓮軍眾蠢蠢欲動！

尖銳犬豪刺耳、唄呟更張牙舞爪攻來！

四面楚歌！少年戰士卻負傷又失了兵刃！

只能憑著快絕身法、抱著少女全力閃躲！但敵人步步進逼，不一會加禮手臂、背上又被三癡和唄呟掃到。雖是輕傷，卻是鮮血四濺！

忽然眼前竟是一片白霧！卻聽到惑精大叫：「小姐，用符紋啊！」

對啊！英娜被加禮抱著搖晃閃避，一下子忘了還把惑精帶在身上，也忘了其實有可逆轉戰局的法力。

趁著惑精掩護，伸手畫出！

大語符紋：

（雷 luî）

符紋一出，英娜才想到：「打雷？這裡是地窖吧，要打到哪啊？」

確實這是地下，但其作用卻更是出乎意料之外！

巨響隨著耀眼白光忽然震撼了所有人的五官！

一計旱雷居然擊穿地面，直直打入地窖！

不但震波、強光幾乎讓人癱瘓！還爆出砂塵土石和四處亂竄的電流！

赤蓮軍眾、少林叛僧手上兵刃卻在此時成了最佳導電體。肌肉被殛的僵硬緊縮、疼痛顫抖又難以控制。

「轟隆」一響，竟是電流引發五癡的鐵義肢火炮自爆！不但義肢粉碎，更把五癡炸的重傷倒地。

這時英娜又發現自己被急速往後拉，卻是手無寸鐵的唄呟回氣襲來！

英娜心想：「讓加禮負責閃避，我就負責用符紋攻擊……哇！等等！」

之所以驚叫、是因為加禮居然帶著英娜往三癡的巨劍劍尖直撞過去！在幾乎要成為自殺現場的一瞬間，卻是頭一偏，玄鐵斷鋼巨劍又在加禮脖子旁、英娜的耳邊穿過！

英娜不由得抱怨：「你是有多喜歡貼得這麼近嗎？」

真的，很危險耶！

但加禮卻是想趁著敵人被電擊難以動彈時奪劍！

不料伸手一掰，卻發現這僧人的雙手僵硬緊握。短時間無法鬆開，而後方唄呟已經殺到。

加禮於是身形一沉，全力掃腳加上拉扯。果然拉著肌肉麻痺的三癡不由自主地、握著大劍往後掃去。

只是這樣的速度較慢。唄呟使勁一縱，便從三癡頭頂越過繼續追擊敵人。

但是，這巨漢卻發現在重劍歪倒的方向之前，竟是一樣無法動彈，而且一臉驚恐的四癡！

霎時地窖中充塞二個男人的叫聲，然後只剩下一個男人的驚呼！

就要死了

半空之中。

這海島傳說中的紅羽異鳥，正變身為巨大龍鳥。和中原傳說中的牛怪、蜚，在雲海中打得昏天暗地！直到一道閃電命中郭家大宅，才驚覺已中了調虎離山之計！

急忙全力一抓迫退牛怪，翻身就要回去救援。周圍卻出現了無數飛在半空的……紙魚？而且這些紙魚更是焊勇無比，奮不顧身地向發動攻擊。龍鳥、小紅雙翅一振，電流與火焰立刻殲滅一批。但後續的紙魚竟像是無窮無盡一般，前仆後繼之下，也真的牽制了龍鳥的行動。

「呼呼呼……打不完的啦……」

說話間，一齊巨大紙鳥的女子身影在黑暗中忽隱忽現。龍鳥小紅幾次追撲過去，卻全落了空。

「本人，苁玉師太（音縱慾失態）座下虞艦（音魚乾）。我的廢紙拉圾魚產量是永無止盡的，保證你清都清不完啊！」

才說完又成堆的紙魚發動攻擊，數量之多幾乎淹蓋龍鳥。好不容易清除了一些，後方的牛怪、蜚卻用尖角猛撞。即使是傳說中的神鳥，此時也應接不暇。心中著急，又無法短時間甩開敵人。

地面更發現一團火光爆發！

◆

方才地窖裡，加禮還是無法躲掉唄呟的追擊！

小腹被抓了一下，登時鮮血淋漓。

總算一計反擊拳，將這隻女犬打得連退三步。雖然看來沒有受傷。也得暫停攻勢，與這萊苡戰士冷冷對視。

同時三癡終於回復活動能力，更是一臉悲憤地擋在後方，又不敢撲上報仇。

「想休息恢復體力？也可以。汪！」

唄呟雖然挨了一拳，卻狀似蠻不在乎：「而且啊……還是想招你進峨嵋派喲！到時漂亮的師姐、師妹要多少有多少！汪。」

英娜一聽、心中憤怒：「甚麼話？而且加禮是『我的』！」

但正要開口抗議，另一人卻搶先一步。

加禮：「在下將用一生性命守護英娜小姐！絕不會變心的！」

哇！不要和九歲的小女生這樣說啊！

即使不用鏡子，英娜也知道她現在半抬起來的臉。一定是紅通通的！旁邊的漢人墾戶也看到了，但情勢危急沒人敢說閒話。赤蓮軍和三癡也看到了，但一股偏執的復仇心卻讓他們幾無所感。

除了不幸戰死的，和倒在一旁呼呼大睡的郭光天之外。現場還有一人沒有發覺這羞紅的臉。加禮全神貫注在敵人的動態上，完全沒有轉過頭去看他誓言要保護的女孩。

唄呟看到了這狀況，不禁大笑：「把那個乾巴巴的小女孩丟下吧，成熟的『大姐姐』比較有看頭嘛。」

話才說完。加禮終於感覺到身旁的女孩有所異狀，一轉頭更看到一張燒得赤紅的臉！

「妳說是誰乾巴巴的！」

嚴格說，英娜還小，並不懂的控制自己的情緒，也還無法掌握感情與狀態。現在有的，只是女性本能地怒火（或忌妒之火）純粹的燃燒。隨手一打，曾用過的符紋再次出擊！

大語符紋：

（火 hué）

（火 hué）

（火 hué）

連續召喚三次，是因為方言說話習慣的影響。

但這一下，符紋與心境切合！威力竟是出乎意料之外！

原本唄呟也是有意要引對方出手。因此英娜一動，便先曲身閃避，想趁運作法術的空檔還擊。

但這一次符紋所引起卻是熊熊大火，在背後爆開的熱焰更像是有生命的一樣。居然能自動追敵，一瞬間將唄呟燒成了灰燼！

惑精：「不好！小姐請快停止！」

雖然惑精大叫提醒，但英娜心智與法術的修為都還未成熟。看到剛剛不可一世的高手竟被自己召出來的火焰吞沒，腦中竟一片空白。

驚見這團火焰在地窖中蔓延，連加禮都不禁大叫：「小姐請快將火焰收起來！不然這裡太窄，會燒到自己！」

說話同時，烈火已經衝上地窖頂端，將上方化成一片火雲。情勢危急，英娜卻像是……實際上也是如同無意間玩火犯錯的小孩一般。整個人都呆了。加禮唯有猛力一抱，將英娜推倒壓在身下！希望用能身體隔絕烈焰，逃過一劫！

◆

而在地窖上方，留守的赤蓮軍守衛，正面對名震海島的高手。

一道驚雷打在後方，英家老爺才發現自己的結界已被人突破。心急之下不顧一切，以最快速度突破守衛阻擋。雖殺到柴房！但大癡和月時也一路糾纏。大癡四劍齊出、劍尖分三花、竟是一招攻擊敵人十二處要害！

來招險惡，孫女安危情勢不明。英家老爺也不再留情！爆嚇一聲、同時重腳踏地：「土行借法、鐵幕碎裂、疾！」

法力到處，大地竟如同乾枯一般，龜裂碎開。英家老爺更不怠慢，身如陀螺急轉。一對短刀反持有如小盾，盡擋大癡飛劍絕招！法力第二擊隨即發出：「土行借法、內幕全掀、上！」

龜裂的地面爆裂開來！土塊更被旋勁帶起，射的四周赤蓮軍與大癡都好不狼狽。

英家老爺這一招，等於是將地窖的頂端給掀了起來。退敵同時、更是心急要知道地窖內的狀況。卻忽然眼前一團火焰急竄出來！

「地窖內失火！」

底下說大不大，一旦失火那就非常危險。英家老爺急中生智，竟霍盡全力將身形轉得更快！最後竟形成一股小型火龍捲風！不但將地窖內的火焰全抽了出來，而且連消帶打，將四周大癡、月時和赤蓮軍都逼退！

「英娜、英娜！你在哪裡？回答啊！」

心急如焚的呼喚，終於看到加禮一手反抱著英娜跳出洞穴。英家老爺急忙衝上去檢查二人狀況，確定孫女沒事才鬆了一口氣。

英家老爺：「沒事就好、沒事就好。啊！加禮你傷的不輕啊！」

加禮：「不礙事。地窖中其他人也都沒事。郭老爺睡著了，但沒有受傷。」

咦？才想問這郭光天為什麼睡著了？但忽然一股危機感！英家老爺看也不看，便轉身劈出秉烈的刀氣！果然有偷襲者！但竟是一推灰燼！不、正確說法是連著一雙完好狗爪的人形灰燼！利爪還沒抓到，又被一刀劈成了二半。

「汪！好討厭啊！連重生的機會都不給人家！」

這團灰燼，正是進入重生過程的唄呟。但現在又被砍，只好再度化成灰燼飄到同伴身旁。月時見狀立時吹出一口「堅忍氣」，幫助唄呟順利降溫並重組。

然而少許堅忍氣也擴散出來。英家老爺見狀立時勁運全身，將這詭異氣息隔絕在尺許之外。英娜也吸入了少許邪氣，只覺得噁心而且寒冷，差點要吐出來了。

忽然間加禮卻將英娜放了下來，還手一轉將她放在身後。

英娜：「怎麼了？有危險嗎？」

加禮：「哦……沒……對、對、小姐待在……後面……比較好！對，比較安全！」

的確、現在英娜如果轉到前面的話，應該會看到一個滿臉通紅，試著讓自己某個部位「放鬆」的少年戰士。

不過幸好，英娜的注意力是在別處：「啊……阿公……對不起……」

這是真心的悔過！剛剛自己闖禍後，完全呆掉了。若非英家老爺恰好打穿了地窖，現在只怕已釀成大災難。尤其看到英家老爺連髮鬚都有燒焦的痕跡，英娜真的是自責到極點。

「地窖結界被破又不是你的錯！現在和加禮先去安全的地方吧。」

一面回話，英家老爺一面緊盯著眼前的對手：「再下來是高手的戰鬥了！」

剛剛還想不服氣的逞強，現在英娜卻只想再找個地洞鑽進去。只乖乖地跟著加禮退到一旁，還不敢問這戰士為什麼都背對著自己。但一轉身，嚇得差點腿軟！

「鬼！好多鬼啊！」

前來支援的林碧山身後，竟然是一群半透明的鬼魂！有些像是吸乾的殭屍，有些失去了頭！

英家老爺：「這些汎兵都『因公殉職』了嗎？」

林碧山的絕技正是召鬼！英家老爺於是推測，是用法術把被殺的士兵召回來繼續奮戰了。

林碧山：「是『光榮陣亡』！但在正義的招喚下，回來『奮戰不懈』！」

一面說，這兩個江湖老手卻不放鬆對周圍的警戒。

敵人有苁玉師太的三位女徒、少林叛僧、大癡和二癡，以及漂浮半空的著火人頭和驅使妖頭的陳蓋。

再加上周圍的赤蓮軍士兵包圍，本來想退出的英娜、加禮都被擋住了。

英家老爺：「加禮、地窖的密道全部被找到了嗎？」（輕聲）

在挖地道時，有做了很多條好方便逃脫啊。

加禮：「不、他們應該只找到其中一條。但下面現在有赤蓮軍在。」（輕聲）

說話間英家老爺眼看著剛剛自己打穿的地洞，卻發現是帶著巨劍的三癡正慢慢的爬出來。先被電擊再被火嗆，明顯還未恢復狀態。

英家老爺：「我會製造機會，你帶著英娜從地窖沒防守的地道脫身。」（輕聲）

加禮：「明白！」（輕聲）

陳蓋：「嘿嘿嘿！別隨便商量逃跑的計畫啊！我最近需要人頭、人血啊！」

現在這陳蓋所表現的精神狀況，充滿了嗜血與狂氣的半瘋癲模樣。不只敵方，連大癡都覺得毛骨悚然。

「呵呵呵……以前為什麼沒發現血是這麼甜啊？」

雙眼放出野獸般的濁光，口中吐出了腥臭的氣味。陳蓋：「如果能獵殺一些韃靼、生番、倭寇……那血一定很甜！呵呵！終於明白為何岳飛要『笑談渴飲匈奴血』了。啊！說不定漢人的血也一樣……」

「陳蓋！」

看著越來越瘋狂的女人，英家老爺：「陳蓋、你就要死了！」

全員集合

聽說自己快要死了？陳蓋不禁狂笑，神情有種無法自制的猙獰：「看來是想先殺我？哈哈！好啊！就看你有多大本事！哈哈哈、哈哈哈哈……」

「不必老夫動手。」

英家老爺的冷靜語調，成了強烈對比：「仔細感覺自己的狀況，強烈的妖氣侵蝕已接近人體承受的極限。陳蓋，妳如果不想死。立刻凝聚全身功力，和那股妖氣對抗！」

不論立場如何？這的確是句善意的提醒，陳蓋不由得一怔。周圍卻傳來了三個銀鈴般的笑聲，還充斥不屑的詭異。

福女一股彎不在乎，而且帶點古怪、曖昧的神情說道：「哎哎呀！我們幾個都死過了拉。」

死過了？這句話讓林碧山「哼」的一聲：

「這群妖女！不知為何有了能跨越死亡境界線，返回人世的力量。現在對於喪失生命的危險，根本就麻痺了！」

月時：「死倒沒什麼，要能拉個墊底就成。」

這說話的月時此時面對兩大高手，竟毫不在意自己全身赤裸！擺出的架式破綻處處，卻又透漏一股與敵俱亡的狠勁。

英家老爺見之，不禁心想：「林碧山說的沒錯！這女子的確是對死亡麻痺的妖怪，從剛剛開始就不惜用兩敗俱傷的戰法。那這一戰要怎麼打？」

「陳蓋！師尊在親吻之後，有問過妳是否願付出靈魂吧？」

唄呟：「而妳應該有答應了要交換的願望了吧。只要這契約還存在，即使死了，師尊也能把妳從冥界地獄拉回來，讓妳達成願望！所以現在、陳蓋！戰死吧！死、不、足、惜！」
竟是付出靈魂，來交換不死的能力？
在場英家老爺和林碧山忍不住心想：「在中原傳說中有這樣的法術嗎？」
忽然，天上傳來沉悶的雷鳴和慘叫聲！
英娜抬頭一望，卻發現天際電光四閃，中間一隻巨鳥的身影，卻正是龍鳥狀態的小紅！
眼見奸計得逞，大癡不禁狂笑：「看來嫵蟷大師即時趕到了！你們現在下跪投降，或可考慮饒命不殺！」
就在這時，空中再度傳來暴雷巨響和尖銳的鳥叫聲。但同時，後方也傳來驚呼之聲？
趁著轟雷聲吸引眾人注意，英家老爺用可與閃電相較的神速，衝向剛剛爬出地窨的三癡和五癡！更一把狠狠的抓住五癡咽喉。
「就是你、放、的、火？」
指著自己燒焦的頭髮和眉鬚，英家老爺一臉獰笑：「小孩子不該玩火啊！你媽媽沒教過嗎？」
哇！是沒教過啊！但現在五癡被這比他還矮的老人緊緊抓著，卻是一句話也說不出來。
而真正放火的罪魁禍首！英娜喉嚨「咕嚕」一聲，可沒膽承認。
另一邊、就算人高馬大，三癡的卻是縮在鋒利無比的巨劍之後，全不敢面對這老人。
見此大癡罵一聲：「懦夫！給我上！」
同時四隻飛劍齊發，似乎想繞過人質攻擊後方的敵人。
既然老大有令，三癡也只有硬著頭皮上前夾擊。

英家老爺腳一踏發動法力，立時爆出瞞天煙塵！同時地面石柱突起，三癡竟連人帶劍被打飛半空。

灰塵中隱約可見一人站立，另有一人影似乎被拋向大癡的飛劍！

大癡：「竟用我師弟當擋箭牌？卑鄙！」

乩指一豎，飛劍收發自如，立刻互相以劍脊交織成網，要穩穩接住飛來的人影。而二癡和剛回復人形、還未穿上衣服的唄呟，更一左一右攻向敵人。

但即使煙霧瀰漫，唄呟卻是鼻頭一嗅，硬生生收手：「不對！」

看不見的二癡卻是全力出擊，一招得手直刺對手心臟！然而聽到目標死前最後一吐氣的聲調，不由驚呼：「五師弟！」

提醒晚了一步！半空中人影、竟是英家老爺！刀氣劃破掩護的煙霧，更夾著功力與殺氣一舉迫開劍網，要直取大癡首級！

福女：「喝！福南鳩禪（音腐男糾纏）掌！」

一股帶著暖氣的掌力來援，詭異的柔勁更讓必殺刀勢也歪到一旁。

但還不只如此！當這股熱流穿過雙方中間時，居然產生怪異吸力？眼看敵對的兩個男人就要不由自主地撞在一起！

驚訝中！大癡猛轟一拳，英家老爺也對擊一掌！

「拍」的一聲，總算能借用反震力避免尷尬的場面！

英家老爺眉頭一皺：「是借力打力的高手？好詭異的柔勁！」

月時：「說高手，還比不上你吧。果然薑是老的辣！」

一面說話時，還是得全心防備眼前那雙手殘廢的老人。

雖然月時和陳蓋無懼於死亡，卻被林碧山散發出冷冽地戰意與強烈的殺氣牽制著。

唄呟：「要佩服還不只如此，那女孩和情人跑了。」

這一提醒，其他人才發現不見了英娜與加禮，更有眼尖的人發現，英家老爺手上雙刀少了一把。

英家老爺：「鄭重聲明，那是小孫女的護衛！」

一面說，倒是一面在心中亂配對：「要真成了英娜丈夫，這加禮肯定能保護娜兒的安全。可靠！可靠！」

即使沒再溝通，一見到可掩護的煙霧，加禮便抓起英娜再度衝入地窖。半途竟然還接過了英家老爺遞過來的刀，動作流暢的就像是練熟了一樣，時機抓的更是無懈可擊。

難怪英家老爺要讚賞不已！心想：「就算裡面還有其他的雜魚，加禮應該可以處理了。現在只剩我們二個老人殺出去便是！」

但這份計算卻不精確！唄呟：「在地窖中還有其他人，全抓起來當人質！」

糟糕！只顧著自家人，忘了還有這一手！

不再讓二個老將彌補戰術失誤。

陳蓋首先發難，成群飛頭蠻和林碧山的鬼兵正面衝突！月時更已全力攻向林碧山背門，要這高手無暇兼顧！

另一邊，大癡、唄呟和福女三面夾攻英家老爺，明顯對這「黑水溝兩岸第一奇人」有所忌憚！

眼盲的二癡便沒對手了，返身便衝向地窖的洞口，要進行挾持人質的戰術。

卻聽的身後各人，或倒吸冷氣、或張口驚呼！大癡更尖叫示警！還沒弄清楚是怎麼回事，胸口卻撞上了一把冰冷的匕首！

真的是「撞」上去的！二癡因為眼瞎，早將感應練成靈敏的能追蹤身周蚊蟲飛過。但現在卻是毫無防備的，將心口串到一把利刃上。

手持利刃的，竟是霄裡的戰士之首——知母六！不知何時竟出現在洞口，不但阻擋了敵人，更在夜色中透漏一絲鬼氣。

後方一聲巨響！看得到的陳蓋因為驚愕而稍微減緩了攻勢，看不到的林碧山卻是全力出擊！竟然身形急轉踢出「毒龍鑽」！一擊得手將陳蓋鑽的胸骨盡碎！

主帥失利，飛頭蠻也一瞬間被鬼兵殲滅！

生死搏鬥毫不留情，林碧山喝斥一聲！鬼兵立刻化成鬼氣，更隨腿勁鑽進了對手經脈之中。

陳蓋此時不但要承受骨裂之痛，鬼氣在全身血脈中亂竄，更有如千刀萬蟻咬蝕。只忍不住倒在地上打滾，並哀嚎求救！但滾到月時腳邊時，卻被這同門師姐一腳踢飛。

月時：「吵死了！快點死過重生吧，這邊更重要啊！」

可憐的陳蓋，這下不由自主往福女飛去。但福女柔掌牽引，又讓她狠狠地撞塌一旁小屋！但聽霹靂巴拉一陣亂響，更不幸被倒塌的牆壁亂石埋沒。

福女：「師姐沒說錯喲，這樣就吵不到了。」

卻沒人理會這冷血行徑，能看的到的人，都專注在眼前的年輕儒生身上。

知母六：「我和這裡的漢人墾戶有保安協定。還請知難而退，不然絕不寬待！」

在場人中最感到恐懼的卻是林碧山。放開了全身的知覺，還感覺不到人？清楚的聲音又卻是在面前！

大癡：「給我納命來！」

報仇的飛劍直襲而來！但知母六推開二癡，下一秒居然憑空消失了？

絕招落空，目標不知所蹤。大癡不禁怒吼：「懦夫！你在哪裡？」

「在這裡（輕聲）……」

在腦後、耳邊！

大癡驚嚇之餘，頭也不回一招虎尾腳便倒踢而出。福女與唄呟同時來救，左右夾擊忽然出現的敵人。但知母六露出輕蔑的笑容，居然又在三人面前消失了。一會之後卻出現在英家老爺身旁。

單看其身體動作，卻像是知母六緩步走到英家老爺身旁。但過程卻是隱形，完全看不到身影。唄呟和林碧山不由自主地打了個冷顫，連狗鼻子和驚人的感應也無法追蹤其動向。

知母六：「精明的獵人都知道要隱藏自己的氣息，但本人的『藏法』還超過這水準。下一次絕對會要人命，這樣還要打下去嗎？」

下一次？這時眾人才發現被推開的二癡，嗚嗚耶耶的從地上爬起來。這知母六剛剛控制著匕首停在刺穿心臟的前一厘，明顯想留下讓雙方轉圜的餘地。

這時大地震動，另一方卻傳來猛獸的吼聲。遠處正是那巨猿、朱厭！但此時像是被樹藤類的東西纏住，讓這巨獸吼叫連連卻又難以掙脫。

空中更傳來風切爆裂巨響！抬頭一看，在龍鳥與牛妖的周圍，閃電與旋風糾纏相鬥地好不燦爛！

英家老爺精神一振：「是萊崁一族的貓妖、佬密氏！和龜崙的千年藤樹神共同來支援了！好、這一仗必勝無疑……咦？英娜？加禮？」

話還沒說完，卻發現英娜和加禮又急忙從洞口爬出。另一位衣衫不整、沒穿褲子的尼姑卻緊跟著出來，心中暗叫不妙！

林碧山：「苁玉師太！」

果然是！英家老爺急忙要去保護孫女，然而知母六竟無聲無息地出現在英娜身後護衛！來的突然，連苁玉師太都不禁愕然！

「好厲害的身法，可說是無影無蹤與移形換位的極致！」

苁玉師太笑道：「剛好可以試試看剛剛捕獲的新玩具。出場吧！做夢中的死神戰士！」

隨著命令，自地洞出來的卻是……

英家老爺：「壺麗！」

加禮：「剛剛在地洞中就差點挨了一巴掌！而且叫她也沒回應！」

沒回應？英家老爺心叫不妙！仔細看這壺麗，果然是一副雙眼無神的樣子。

林碧山：「這妖尼擅長幻術！極可能著了道，被控制了！」

怎會這樣？結果一開戰，最強的戰力卻落在敵人手上！

「壺麗！壺麗！妳醒一醒啊！」

英娜更是急得大叫，偽娘卻沒任何反應。

苁玉師太：「要擺脫我的幻術是不可能的！死神戰士、展現妳的實力吧！」

壺麗聽命後擺出了架式。一步跨出、立馬沉腰、伸直手臂以求在末端有最大速度、手掌高度和鼻子相當。

有史以來最強的「巴掌」，首次全力揮了出去！

前所未見的巴掌旋風，不但直接將空中的雷雲和龍捲風打散！牛妖、龍鳥、雷屬魔道士，邪惡的妖尼和九尾貓又都被打得隨風四散飛舞。更有一個男子發出慘叫聲，不偏不倚對著英娜和加禮掉了下來。

抬頭望去，卻是……

「達吉斯・都奈！」

英娜一看，臉不由得全紅：「又是什麼都沒穿！褲子也沒穿！」

死神戰士

眼見這達吉斯・都奈從高空摔下，地上各人都瞧準了落下的位置準備支援。

苁玉師太卻突地：「打吧！死神戰士！一個也別放過！」

一聲令下，壺麗雙手巴掌連打淩空擊出！

巴掌風如炮擊，準頭更是精確無比！英家老爺、林碧山、一邊的知母六和加禮，四大高手全被打得狼狽飛退。

只有一人無礙！不知為何？所有的攻擊都從身邊溜過，英娜毫髮無傷。

但天上的佬密氏、龍鳥、掉落中的達吉斯・都奈，和在後方糾纏朱厭的藤樹神都紛紛中掌。

三大神、妖都非同凡響，咬牙承受這一擊。藤樹神甚至沒有放鬆對朱厭的箝制。

阿泰雅族的熊之勇者卻不幸被這巴掌搧的半空亂轉，就要重重摔落地面！

英娜一咬牙，使出所會不多的絕招！

大語符紋：

（慢 bān）

（慢 bān）

重複了二次，是遵循了漢語南方方言的使用習慣。

但效果更是顯著，達吉斯・都奈掉落的速度立時減慢！一個翻身重新把握體勢，落在郭宅另一側。

只是這一舉動，卻讓英娜也成了箭靶！

「找到了！」

苁玉師太衝到英娜面前，更浮現貪婪的目光：「終於找到了！妳這個小女孩？居然是『歿世血脈的女主』？剛剛那是『歿世大語』？居然……居然被我找到了！」

這女人的精神狀態決不能稱之為正常！英娜只有膽怯地問：「你看的到？」

「主人告訴我，那是人類文明滅亡時的歿世，所用的符紋！」

苁玉師太神情激動不已：

「是將會流傳到未來的，人類最後的語言啊！我終於找到了！女孩！我要妳……我要用妳喚回我的靈魂！」

靈魂？她在說什麼啊？在還能反應之前，苁玉師太已閃電一指輕按著英娜額頭：「現在，好好睡一下。我帶妳去見主人……」

「轟」的一聲巨響！忽然的強烈衝擊，讓英娜反射性地閉上眼睛心想：「這應該不是要我睡著的方法吧？」

卻忽然被一隻強壯的手臂撈起：「小姐、英娜小姐有受傷嗎？」

是加禮，這一下英娜才真的回過神來。試著掌握狀況……

苁玉師太……上半身全不見了！卻由腰部開始，以肉眼可見的速度在重生。

是神祕弓箭手連發二箭救命！

另一箭射中壺麗，但這偽娘倒是沒有受傷的跡象。

此時外面卻又傳出戰鬥聲。卻是赤蓮軍不知和誰交戰。

知母六：「既然和漢人墾戶有協定，霄裡戰士怎會背信？現已調足人手前來。剛剛神箭乃我族長老所射！你們現在還有機會安全退去，建議……哎呀！」

天上驚雷暴閃，同時間夾著幾隻紙魚更從半空突襲。知母六只得先行隱身之術避開，又出現時卻護衛在英娜身旁。

英家老爺也趕了過來：「娜兒、妳沒事吧？」

英娜：「沒事，但是壺麗！」

林碧山：「看樣子中了這妖尼的幻術。實在不妙，必須想辦法打醒她！」

才說完已經有人……不！是有鳥先去執行這工作了。

龍鳥回復成紅羽異鳥小紅的型態，以最高速衝到了壺麗的頭頂。一陣尖叫加上啄擊，要將這同伴打醒。

但是壺麗卻不在狀態，呆呆地沒有反應。一舉手，卻是對同伴打出巴掌！

幸好小紅也反應奇速，險險在近距離避過。盛怒之下，就地化成龍鳥，要用更強力量打醒夥伴！但可惜選擇錯誤，巨大化之後速度和敏捷度也稍遜。壺麗第二巴掌結結實實地命中，當場將之打的飛上半空亂轉！

「死神的戰士，力量與地位相當於『鍾馗』吧。」

魔道士「嫵蟷」此時電漿繞身。偶有爆閃，竟是絢麗異常，更是腳踏傳說中疫病之兆的牛妖、蜚，緩緩由天而降。見之有如雷神降世。

嫵蟷：「現在有這強大的戰力協助民族復興大業，如果還不知死活，不肯歸順漢族神聖建國大業。必將會被億萬漢人的詛咒，子孫永世不得超生！」

林碧山：「如果比嘴炮，大概沒人能贏的了閣下。大話連篇！想在這海島建國，等到三百年後吧！」

（當年是乾隆六年，一七四一年）

趁著前方二大主腦人物互相鬥嘴，苁玉師太已完全回復肉身。四位徒弟之一虞艦（音魚乾），更飛快的用紙做了衣服獻給師父。

只是苁玉師太也不由得皺起眉頭：「有一天，一定要矯正妳這的個性。」

若說這虞艦（音魚乾）有什麼特色的話，一言以蔽之就是「邋遢」！不但是披頭散髮、臉上有沒洗乾淨的眼屎、衣服也穿的左右全不對稱。任何人一看，就知道這是位懶散、隨便的女人。

這特色也可在所做的紙衣上看到，真是件完全沒有規格可言的衣服。更聽到後方傳來嘲笑。

藤樹神：「聽說你們漢人死時都會穿紙衣，果然是沒錯啊。」

這千年樹神一邊說，一面將號稱兵亂之兆的巨猿朱厭，摔了出去。巨大的猿猴身軀登時壓毀了不少房舍，磚瓦亂飛、煙霧蔽日。郭樽大宅這下要花大錢整修了。

忽地一陣風將灰塵都吹散！貓妖、佬密氏此時也乘旋風而降：「那叫做壽衣，是漢人習俗。萊岦援軍隨後便到，別以為可逃的掉……咦？」

最後之所以出現疑問句，真的是因為吹散灰塵後，眾人看到了不可思議的現象。

英娜：「壺麗！妳在幹嘛？」

壺麗：「掃地啊，先將場地打掃乾淨，要做什麼才方便啊。」

這偽娘回話時，還是一副無神的的樣子，看來是還未從幻術中清醒過來。

英娜心想：「所以是本能嗎？實在很想笑……不行，這個場合不能笑出來！」

真的是本能嗎？即使是苁玉師太喝斥，還是以純熟的動作將現場掃出了一個乾淨的空間。

這卻讓盲眼的林碧山，發現了勝利的契機。

英家老爺心中盤算：「總之，雙方戰力全都聚集了！」

己方有自己、林碧山、知母六、佬密氏、藤樹神和紅羽異鳥。神祕的弓箭手只能當支援。加禮職在護衛、英娜和她身旁的惑精都還不能算是有效戰力。

對方則有苁玉師太與四位女徒，加上魔道士、嫵蟷和大癡。二隻巨獸和一個被控制的怪力偽娘。二癡、三癡似乎已怯戰，可不列入考慮。

外面赤蓮軍雜魚與霄裡戰士算是平手。

分析戰力，雖然不算一面倒。但也沒有優勢可言，最理想還是以能安全撤退為上。另一邊，苁玉師太正接過壺麗用現成材料所折的紙衣。樣式雖質樸，卻是工整又正式。證實虞艦（音魚乾）女的裁縫制衣，不如偽娘多矣。

壺麗：「等一下也替主人折一個。」

英娜：「誰要啊！那是死人要穿的，醒醒好嗎？」

這是另類的好心被雷劈嗎？忽然英娜的耳邊響起輕而細的耳語。

「這是老夫林碧山用傳音入密和各位說話，請先不要反應或回話，以免敵人發現。」

雖然不知為何要弄得這麼神祕，但在場諸人都機警的沒做多餘的動作。

不、正是因為沒做多餘的動作卻採取警戒，反而讓英娜確定，連佬密氏和藤樹神都接到林碧山的密語了。

「等一下製造機會，讓英娜小姐和壺麗……（考慮稱呼）姑娘接觸。」

什麼？一心想要讓孫女先安全撤走的英家老爺差一點就抗議了，但林碧山卻指出關鍵。

「這妖尼上次能用幻術影響全部青八旗的幫眾。現在卻是只集中在壺麗姑娘一人身上，還無法做到完全控制。必然因為這死神戰士的精神能量異常強大，光控制就需耗去大半功力！如果能讓英娜小姐喚醒壺麗姑娘。則強弱之勢逆轉，勝負立刻分明。」

林碧山的說法完全沒錯。佬密氏和知母六都微微點頭表示同意。英家老爺覺得不妥，卻一時想不出其他方案。

而前方嫵蠕還在滔滔不絕宣揚民族大義，反而是苁玉師太打斷了精神訓話：「你能過來，表示已掘出魔力之源、人神契約了。」

嫵蠕：「沒錯！有這神器，漢人復興建國的大業，已是指日可待了！」

苁玉師太：「怎沒看你帶著？」

嫵蠕：「大首領派人傳話說等下就到，希望還趕得及擊敗這群漢奸，向他老人家呈報勝利的戰果！」

「大首領要來？」

苁玉師太露出曖昧的笑容：

「好！既然找到了歿世之祖，也捕獲了死神的戰士。那也不必再等了。」

這話……似有玄機。

嫵蠕不由得轉頭望向同伴。當看到對方拿著一個有圓形圖樣的黑色布袋，卻讓這魔道士也嚇的全身發冷！

只見苁玉師太從袋中倒出二個透明珠球把玩，笑道：

「你們靠這二顆水晶球，和這巫術袋。才能控制妖獸是吧？怎麼這樣不小心，還給人偷了？」

另一邊英家老爺見到，卻在心中狐疑：「用水晶製成圓珠控制魔獸，中原有那個門派有這種法術？而且那個袋子上的魔法符咒又是圓形樣式，類似西洋特有的法術陣式。」

但瑣碎的思考都要放到一邊。現場如果有人沒感覺到這尼姑笑容中所散發的殺氣的話，那絕對是個死人！

苁玉師太：「你們幸運活過今晚的話，就和那個大首領說聲『謝謝幫忙挖出這人神契約』吧！」

說完毫不留情重掌出擊！

事出突然，但號稱魔道士的赤蓮軍舵主，也非省油的燈！嫵蟷五指閃電聚集碇雷硬擋，霎時爆出驚天巨響與耀眼白光！

連苁玉師太也被殛的手臂一麻，連退三步！笑道：「好厲害！如果不是這身體已不怕受傷了，還真不敢接你的電勁。」

只是這一硬碰，高下立判！曾經一掌將林碧山打到武功全廢的爆炸性功力，狠狠地將嫵蟷轟的吐血倒飛退去。才剛站定，牛妖、蜚竟狂吼一聲，尖角凝聚火光刺來。

嫵蟷：「畜生！竟背叛主人！」

憤怒夾著電光聚成雷之盾，竟以人力硬擋巨獸的突進。這不成比例的角力，雖然加重了內傷，但嫵蟷的全力一擊，終於逼退了蜚！

眼前卻紅影忽現，是壺麗！一巴掌打在嫵蟷的雷盾上！

苁玉師太露出殘忍微笑：「讓我們看看死神戰士的厲害吧！」

世上最強的偽娘，展現死神所賜的力量！

一「巴」之威，比人界高手或巨獸牛妖更強！粉碎了雷盾，直接打中對手腹部！竟連背部肌肉都破裂，脊椎骨也斷裂外露！

但聽嫵蟷「嘔」的一聲，噴出了不知是內臟還是血液的東西！

壺麗再稍加尾勁，這魔道士竟直飛上雲端而去。

「清場！」

苁玉師太一面搖晃巫術袋，一面下令：「抓住這女孩，其他一個活口也別放過！然後再去大溪頭奪取『人神契約』！」

雙唇輕觸

這二隻魔獸果然只聽巫術袋擁有者的命令！狂吼之後，雙雙掉頭對準赤蓮軍猛攻。

眼見不妙，知母六第一時間下令戰士撤出！但失去領導中心的熱血正漢們反應就沒那麼快了，在巨獸的蹂躪下立時死傷無數。不但如此，四位女徒更配合巨獸展開殺戮。

剛被知母六刺傷，體力未復的二癡，更是險象環生。

師弟危急，大癡卻被苁玉師太似笑非笑的盯著，竟是一動也不敢動。

「啊……雖然說是不留活口。」

這個女尼卻像是觀察美味料理一樣，舔舔嘴唇笑道：「但是呢……晚上有個下盤鍛練有素的『服務』倒是不錯。」

這淫邪的眼光，實在讓大癡心底發寒。但聽到有一線生機，連忙推出僵硬的笑臉躬身回禮：「能為師太盡『弓馬』之勞，是在下的榮幸。」

說話間傳來一聲慘叫！卻是二癡終於沒能逃脫，被朱厭一腳踩成肉醬。

◆

知母六：「要再等下去，對方要是指揮壺麗小姐加入戰局就糟了。要逃還是要戰？現在就得決定！」

逃走確實也是選項。但青八旗之首啟肯退卻，林碧山怪叫一聲：「有請天兵天將！附身英魂之上，替天行道！」

眾鬼兵也同時鬼哭神嚎！更憑空換上了破爛生鏽的鎧甲與武器，身軀也變得巨大強壯。只是皮肉卻更顯糜爛。望之猶如死體腐屍所組成的大軍！

「絕技、請神附鬼！」法術功德圓滿，林碧山一聲令下！這群不知是鬼兵天將還是天兵鬼將的靈異士兵，就向巨獸和不死妖尼們殺了過去！

虞尷立刻灑出用冥鈔紙錢做的垃圾紙魚群，攔截附神鬼兵。冥紙上也附有法力，屬性與數量上都克制對手。只是虞尷的指揮根本沒有章法，平白錯過許多可殲滅對手機會，反讓現場一片混亂。

「妖女！給老夫讓開！」

林碧山見狀，爆喝一聲勁腿踢出。要用武功排除障礙。

唄琄立刻狂吠切入，狗爪進攻更豪不防守！一聲燜響後肋骨被踢碎，卻也抓傷對手小腿！

連一旁的英家老爺眉頭一皺：「林兄小心，這隻女犬也一樣不怕死亡！而且在武術上還勝於其他三位同門！」

英娜卻不由得心想：「這麼厲害？剛剛加禮也沒輸多少啊！」

同時天上傳來鳴叫！傳說中的紅羽異鳥，戰意鬥志更是不落人後。再度以龍鳥型態直衝犮玉師太，然而牛妖、蜚也半空攔截護主。雙方勢均力敵，打的難分高下。

一道勢若奔雷的勁箭卻越過英娜頭頂，引起的暴風讓這小女孩也嚇得抱頭彎下身子。

後方卻傳來慘叫與騷動！原來竟是巨猿朱厭想趁機偷襲，但被神祕的弓箭手阻止。藤樹神急忙長出無數藤蔓糾纏，也是一時難分難解。

大戰正酣！

佬密氏主動出擊！跳上半空，手成貓爪往黑夜空揮。氣流竟高速急旋，甚至空氣摩擦而引發雷電花火。

「妳就是老大？」

此時佬密氏戰意高昂，心情激動。甚至現出貓耳、貓尾的型態：「那就先找妳開刀了喵！」

強烈的氣旋立刻聚成錐形的龍捲風，尖端更有如鑽頭直衝地上的對手！

苡玉師太雙掌在頭頂一舉，卻沒有任何驚人的力量。乍看之下猶如螳臂擋車一般。但縱橫中原的高手啟是浪得虛名！龍捲風尖端觸及肉掌時，無匹內力猛然炸裂！

威力驚人！龍捲風暴散，郭宅屋頂也被掀翻，地上眾人更是被吹得東倒西歪。加禮立刻用身體替英娜擋住風暴！

但趴在地上的女孩眼中，卻只注意著一個朋友。在地面上，只有壺麗能穩穩站在當場。

「看來你這隻貓妖，比嫵蟷還厲害一點啊！」

雖然在笑，但苡玉師太雙掌卻是皮開肉碇，連左手小指都骨折了：「這個海島，果然很有意思！」

「真的假的？到這妳才知？」

語氣輕挑，但佬密氏也對這可怕的爆炸式掌力頗為忌憚。打定主意要以遠攻優勢取勝：「再不快滾！那就直接送妳過黑水溝回家如何？」（黑水溝即台灣海峽舊稱）

說著兩臂貓掌虛抓。這次呼喚二只龍捲風，要以雙倍威力，一次決勝負！

然而苡玉師太卻毫不理會？只用疼惜的眼光，看著逐漸再生的手指指甲。笑道：「沒聽過『以番制番』嗎？死神戰士、上！」

應聲而上的壺麗，豪不畏懼（或說沒有神經）的擋在二個龍捲風之前。先是雙手左右平伸，然後猛力將兩個巴掌在身前「合拍」。一般人來說，這是打蚊子的標準動作。但在這偽娘的怪力運作下，居然牽引了龍捲風就在半空對撞！

轟然大響，威力無比的絕招如今自毀！風暴亂流讓眾人得再次狼狽躲避，半空的佬密氏也得拼命驅使風來穩定身形。

糟的是壺麗還一躍而上，瞬間就殺到面前！

佬密氏此時只能全力使出：「空氣炮！」

貓掌上聚集出一顆等人大的白霧氣珠，接著便像炮彈一樣射向壺麗。但這偽娘卻瞄準時機又是一巴掌，居然將氣彈打的橫向飛開！

只是無巧不巧，氣彈被拍飛的方向，直朝隱藏在遠處山頭的弓箭手而去。神祕人連忙一支勁箭射爆氣彈。但震波已炸得周遭的枝葉亂飛，連這神祕人都被狼狽彈飛！

而壺麗剛打出的巴掌竟順勢不回。伸展到極限，便要以反手的巴掌再打回來！

佬密氏一招不中，再凝聚第二顆氣彈已來不及。人（貓）已在偽娘的全力殺傷範圍內！

眼見危急，英娜大叫：「壺麗！住手！」

耶、真的住手了？壺麗的攻勢登時暫停。

佬密氏連忙墜逃回地面。一下驚魂未定：「好險好險喵！沒搞錯吧？這娘娘腔這麼強喵？」

英家老爺和知母六忍不住互望一眼，心意相同：「林碧山說的沒錯，這妖女無法完全控制壺麗！」

勝負關鍵，就在能否喚醒偽娘！

但場中的大魔頭卻自信必勝，居然沒注意到這盲點：「這個不男不女的居然這麼厲害？簡直可比鍾馗……不！應該更強！這次真是撿到寶了。」

信心爆棚，苂玉師太指著英娜下令：「死神戰士，將那個女孩抓起來！其他人全給我殺了！」

剛剛就通通被打過一次了！只見這偽娘又要舉起巴掌，眾人立時全神備戰。卻聽到一聲喝斥！

英娜：「壺麗！別動！」

真的……不動了。

直視著壺麗的眼眸深處，英娜似乎是捕捉到了某種東西。於是也不知是愚蠢，或說的哪來的勇氣。竟無視周遭的危險！

深深吸氣後一舉步，便向著雙方視線重疊的那條軌道前進。

「壺麗你在那邊等著！」

英娜：「主人這就過去救你！」

這下苂玉師太也發現不對勁了：「死神戰士！回來！」

「她有名字！不叫死神的戰士！」

英娜大聲反駁：「她叫壺麗！」

全心全意注視著迷惘的朋友，英娜說話間眼睛絲毫不敢錯開！用緩慢但堅定地步伐前進。而在女孩的眼神鎮攝下，壺麗更像是茫然、失落、想要做出某種反應，卻又不知所以，只好像等待什麼似的呆在當場。

眼見情況不對，苂玉師太一舉手便要對英娜發招！

英家老爺和佬密氏一見對方動手，立刻就要衝上阻擋！

但忽然！所有的人，除了英娜之外、動作都停了下來！

苂玉師太更是瞪大了眼睛，一把利刃尖端竟從自己嘴中冒出！

知母六，短短的匕首刺入敵人後頸！

但到底何時過來的？卻沒人能確定！連剛剛站在身旁的英家老爺，都感到一陣寒意！這霄裡首領的行動，比敵人更像是鬼魅！

若是一般人可說死了一次，但炈玉師太超越死亡的幽谷。內氣全力爆發，將知母六震飛老遠！不但震斷匕首，連手臂都扭曲骨折！

斷裂的刀尖掉落地面，眾人才發現居然是削利的木刀？而且炈玉師太更臉色發黑，痛苦得跪在地上。

知母六的絕招，是把有毒的木匕首！

「真可惡！不死的敵人……」

右手被扭到詭異的角度，被震趴在地上的知母六卻笑道：「果然是不好打啊！」

接著用左手拔出另一只毒木匕首，人影卻消失了！只剩一股冷冽殺氣隱隱流竄在空氣中，讓敵我雙方都感到毛骨悚然。

爆響連連，神箭再度震攝眾人！

只是炈玉師太雖然痛苦，這次卻一面運功祛毒，一面還揮掌擋下神箭！

神祕人連株箭再發，四大女徒連忙拋下對手回防！佬密氏、林碧山、英家老爺怎肯放過這機會？順勢聯手進攻，場面一時混亂！

英娜卻豪不畏懼的前進，而壺麗似還在夢中。

狀況詭異，大癡於是四支飛劍齊出射向英娜！

加禮第一時間撲出阻擋，但另一人反應竟還更快。

英家老爺：「土形借法、土牆！」

平地突起高牆！而且時機妙到顛豪，四支飛劍全插入牆內。大癡使盡法力，竟也拔不出來！

幾次交鋒，英家老爺摸清敵人底細：「你的劍術根本不到劍仙的境界！是這四把劍有古怪吧？看我……混蛋！多事！」

同時間、月時和福女已聯手對英家老爺發動攻擊。在不得不分力抵抗下，土牆的箝制稍弱。

大癡「喝」的一聲！功力全開，終於讓飛劍脫離了土牆掌握。

頭頂卻忽然壓力蓋頂！本能驅使下往旁一滾，果然險險避過那驚人的飛箭。

但遙遠的神弓連發，居然接連打碎三把飛劍！倖存的飛劍，也被盪飛老遠。

一段折騰，加禮已殺到眼前！

這四隻飛劍，可是在機緣巧遇下獲得的異寶，藉以名揚江湖的神器。僅剩的一支絕不能再失！

也不管那小女孩了！

大癡以最快速度召回飛劍，同時右手一招般若掌對著加禮打去。畢竟出身中原武林重鎮，這掌暗含二十一種變化。再加上召回的飛劍由後方夾擊，自信能一招擊斃這番族戰士，收回寶貝。

然而就在將被一掌擊碎心脈時，加禮竟以不可思議的柔軟和敏捷，將上半身後仰到幾乎對摺，雙膝更下曲讓全身幾乎貼近地面！超乎常人的角度，讓這一掌二十一變化完全落空。

大癡眼前，是自己的飛劍！

再也沒已比這更可貴的寶貝了，於是右掌轉為陰柔之力回收飛劍，左拳再發一招「羅漢碎石」！

然而重拳剛出，忽然全身一盪！

重拾意識時，大癡發現自己退了幾步，右眼似乎被人蓋了紅布。僅剩的一半視線，看到加禮被打得滾出老遠。

另一旁是被切斷的，自己的左拳！

正常狀態下，大癡武功還高出幾班。但實戰中千變萬化，一個大意帶來無法彌補的後果。

這加禮的身體柔軟度超乎常人，在不可能的體勢下竟能彈起揮刀！就算無法避開重招，卻斬下敵人一隻手臂，並奉送一道從嘴邊橫過鼻樑到右眼的刀傷！

大癡慘叫一聲！

雖然飛劍在手。

雖然剛剛一拳把加禮打的倒地不起。

卻戰意全喪。發動法力，讓劍帶著自己飛空逃去。在空中隱約見到三癡在遠處和一個沒穿衣服的番族戰士對戰，但再也無膽去關心了！

◆

「英娜……小姐……」

少林武學果然厲害，斷拳亦打到胸骨碎裂！加禮只呼吸都劇痛難當，想站起來也力不從心。在逐漸黑暗地眼前，戰場正激烈變化！

苁玉師太已運功去毒回復狀態，四位女徒更豪不畏死，打爛了還可復生，目標正是英娜！

另一邊……

佬蜜氏、英家老爺、林碧山組成一道防線，力抗不死的五大師徒。知母六憑著隱身術，進行擾亂游擊戰術。神祕的弓箭手也不時支援。

外圍更有四大神靈、妖獸對戰！

而英娜、終於走到了壺麗身邊！

「壺麗！壺麗！醒醒啊！」

英娜的視線，一直沒離開壺麗的眼神。

但即使終於面對。

無論如何呼喊、扭捏、搖晃、拍打、都無法叫醒……

「他是我的什麼人？」

不知為何？在這危急的時刻，英娜卻忽然想到這問題：

「他（她）叫我主人，但又不是我的侍僕。朋友嗎？看起來好像是，但又是哪一種朋友？那為什麼自己要如此關心？」

忽然！壺麗的眼神開始閃爍不定，周遭更充斥著一股屍臭！

苁玉師太此時退去所有偽裝，真面目竟是可怖的腐爛女屍！

更將所有功力集中在幻術之上，要控制死神的戰士一決勝負！

情勢危急！一直待在身旁的惑精不禁大叫：「小姐！快點叫醒壺麗小姐啊！」

眼見壺麗的視線動搖，那只有自己才能捕捉到的一點意識，幾乎就要消失！

「怎麼辦？無法可想嗎？不……」

英娜雙手抓住壺麗的臉頰，雙唇輕觸、就親了下去……

遲到太久

嫵蟷被壺麗一巴掌打得肚破腸流。摔在遠離郭尊的空地上。血早已流乾，卻還在痛苦抽搐無法死去！

嫵蟷：「為什麼……死不了？可是……好不甘心……還沒復仇……還沒建立漢族帝國……恥辱……不甘心……」

「嫵蟷你有本座的契約，才能勉強苟活著。」

不知何時出現的黑影，嫵蟷卻也熟識：「大首領……好痛啊……要死了嗎……」

大首領的語調、陰森而且威嚴：「但肉體已破爛到無法再用。即使勉力支撐，也不過是拖延死亡的時間。」

嫵蟷：「就這樣……死了……好不甘心……漢族的屈辱……國仇家恨……民族尊嚴……」

大首領：「你知道要怎麼吧。」

嫵蟷：「我……我……」

「我獻上我的靈魂！」

◆

英娜：「這裡……是哪裡？」

剛剛應該還在郭尊大宅啊，現在卻似乎被轉移到了不同的地方。眼前似乎是在夜晚的山中，而且所有的景色看起來都有種虛幻的不真實感。

「惑精！惑精！沒跟過來嗎？哪這邊只有自己努力了。」

不遠處則有一間小屋。以竹子做成牆面與屋頂，下方則鋪有疊石，在左側還用竹子搭出小型的眺望樓。

英娜心想：「應該是阿泰雅族的小屋。」

這一段時間，英娜和壺麗以及加禮補充了不少部落的知識。阿泰雅族的建築，雖然以竹子為基本建材，但在各地區有不同特色。在這一地區更是因為受到漢人影響，而有著複數的隔間。

這場景從未見過，卻又似曾相識？

小屋的門「呀」的一聲打開了。一個美艷的女人、應該是阿泰雅族女子，將一位小男孩推出了屋外。

當英娜看到男孩的臉時，不禁驚呼：「壺麗！等等、壺麗？」

人類的臉是很微妙的，只要輪廓稍微差一點，氣質就完全不同。雖然那是個男生！雖然臉上佈滿了恐懼的表情！但還是一眼就能認出那就是壺麗！

忽然前方的小屋一聲爆炸，竟陷入猛烈火海中。

而那男孩距離被烈火吞噬的門板也只幾步的距離，卻毫無所動。在火光照耀下，也可以發現男孩全身在顫抖。不一會卻坐了下來，縮成一團，望著火焰在那發呆。

英娜忽然瞭解了：「這不是偽娘壺麗，而是男孩子的達利・都奈！之前聽阿公說過壺麗的父親被巫女哈莫尼殺害，應該就是現在這時候。那這裡……是他小時候的回憶裡嗎？」

走投無路下的一吻，居然發生這種作用！

但是現在可不是走神的時候，如果不快點喚醒這最強的戰力，在現實中的同伴與親人就危險了。

但似乎無法喚醒注意。達利・都奈（壺麗）全身不斷顫抖，半張著嘴直直瞪著前方。

於是英娜走到這男孩的身邊，身處熊熊烈焰近呎之旁，卻感到他身上傳來了透骨寒意。

英娜：「被嚇呆了嗎？醒醒啊！壺麗……達利．都奈！」

沒想到這一呼叫，周圍景色忽然一陣晃動。待平息之後，達利．都奈已經不見了。英娜回頭一望，卻發現那小屋竟也完好如初。

「這是怎麼回事？」

英娜一下愣在當場，好一會才想到要去找人時。

忽然屋內傳來尖叫聲！

那是一種震撼、絕望、滲漏靈魂深處、讓聽到的人血液為之凍結、心跳猛烈加速、肌肉僵硬、呼吸暫停的淒厲慘叫！

可怕的刺激，更是讓英娜完全無法動彈！直到眼前的門「呀」的一聲打開了，那美艷的哈莫尼又將達利．都奈推了出來。

這次英娜的角度，可以看到哈莫尼的臉孔。有著阿泰雅族人獨特的紋面刺青，這也是阿泰雅族之所以被稱為「黥面番」的原因。但除此之外……

「好漂亮的女人……可是、可是……好像哪裡不對勁？」

一時間又說不出來，但終於從那攝人的尖叫聲中恢復過來。

再度嘗試喚醒達利．都奈，卻發現男孩眼神幾乎空洞，就算英娜人生閱歷還淺，也知道他剛剛經歷了過度的驚嚇，現在完全無法反應！

還要想其他辦法時。小屋又再起火！再過不久，周遭景色又一陣晃動，接著又回復了剛剛沒發生事情時的情況！

「所以時間在這裡輪迴？」

英娜稍微鎮定，看向那小屋的門：「等到達利・都奈出來，已經是一副失魂落魄的樣子。要叫醒他，必須要早一點。」

就在這時，屋內又傳來那驚人的慘叫聲！

不管聽幾次，都是那樣的震撼！但這一次英娜卻聽了出來！絕對是：「是壺麗！不，是達利・都奈！」

雖然慘叫還是那樣的可怕，但這次英娜終於克服恐懼。手一推，已進入屋內！

但霎時，更嚇得全身僵硬！

在不算大的房間中央，有個男人跪在血泊中。垂首面地，血從脖子不停流下。手上的小刀白刃透紅，腥味充斥了整個空間。

「自……殺……」

就算是有心理準備，英娜還是要花一點時間才能克服。

殉情！這二個字更不停閃過腦海！

眼角卻捕捉到了點點光芒，竟是那哈莫尼繞著房間，一處處的點火。

屬於災難現場的求生本能，終於讓英娜重新振作起來：「不能再待著，人在哪裡？」

主間的地板用石頭鋪成，周圍放的不少瓶瓶罐罐。有席地而坐的草蓆、矮桌和一些製藥用的木臼、木碗和工具。中央有個地爐，那哈莫尼便從這地爐引火燒屋。

就是不見壺麗蹤影。

左邊似乎有較大的隔間，而反方向的角落則有一個小隔間。

回想著剛剛外面有看到的眺望塔，應該在左邊。那這隔間可能連著那眺望塔，會不會再那裡？

英娜於是往這隔間跑去，卻在門口時驀然停步。

環視隔間，石搗、竹簍、農具、衣物四處排列，但少了一樣東西！

「床！」

靈光一閃！英娜忽然想到：「剛見到壺麗時，她就躲在床下！」

回頭再跑到那小隔間，果然阿泰雅人的習慣是將床放在角落。趴下去一看，達利・都奈就縮在床下。

但還是一樣，無論如何呼喊、扭捏、搖晃、拍打、都無法叫醒這嚇呆的男孩。

就在想要怎麼辦的時候，哈莫尼卻走了進來。

「對了，剛剛是哈莫尼將人帶出去的。」

那樣的話……英娜在這情況只能靠著本能與隨機反應

就在哈莫尼也蹲下，要去抓達利・都奈時。英娜卻從後方猛然撞了過去！

雖然有些不合理，但這下哈莫尼的身體卻如同霧氣一樣的消散。英娜完全取代的原有的位置。

而且終於，二人視線再次對上。在達利・都奈的眼中，捕捉到了些許的意識。這交會的視線，可是英娜期待已久的希望之光！

「壺麗！壺麗！達利・都奈！」

這一次，決不再移開視線了。英娜著急地大喊：「快醒醒啊！事情已經過去了，快回到現實世界去啊！」

但是也像是現實世界中一樣，無法真的喚醒這男孩。現在的意識也只能靠著二人的眼神交會，而勉強地捕捉到一點。

怎麼辦？難道還要再親吻一次嗎？

正準備鼓起勇起重施故技，卻感到周遭景色出現了變化。

但是英娜一點也不敢將視線移開！背後卻感到了一股難以言喻的冷氣和……屍臭？

「你這小女孩，竟敢來壞我的好事？」

是苁玉師太！

威脅的語言、噁心的腐臭、和令人不寒而慄的殺氣，幾乎就貼在英娜的臉頰之旁：「給本座滾開！不然的話，就把妳也關在這個惡夢中。」

雖然極端可怕，但聽到這話的英娜卻是不由得無名火起：「妳竟然把她關在最痛苦的回憶裡？殘忍的混蛋！」

強忍住恐懼，英娜還是盯著眼前的男孩：「達利．都奈！醒醒啊！壺麗！快點醒來啊！」

著急歸著急，眼前之人還是沒有進一步的反應。只有瞳孔的深處，那一絲隱約存在的意識。

但這時二人四目交接，卻又像是有種無法斬斷的因果存在似的。

任憑周遭狀況如何險惡、那一點點、極端微弱、幾乎難以察覺的眼神交會，就是沒有斷裂！

這時傳來地面裂開的聲音、四周空氣瀰漫著讓人窒息的濃厚屍臭、寒氣更降到讓人幾乎凍僵的零度以下，甚至幾隻冰冷的手掌還搭上了英娜的身體。

苁玉師太：「一開始就知道了。這些番族的家裡，居然還埋葬著他們的祖先？現在本座將死人都喚醒！妳這女孩再不走，就讓這群殭屍把妳咬碎，和他們一起陪葬！」

說不害怕、是騙人的。周圍空氣中瀰漫的噁臭和惡意、迴盪著鬼哭神號的悲鳴、忽遠忽近的尖叫、不時襲體的惡寒。讓英娜也忍不住全身顫抖！

但、就是一股莫名意志、堅持著！

「有本事就做！別想嚇人！」

要拉開一個女孩還不容易？但到現在為止也只有虛張聲勢而已。

克服心中膽怯、戰勝退縮恐懼、此時一滴真心真意的微弱光芒，卻叫世界瞞天邪惡也退！小女孩大喊：

「達利・都奈！看著我！我知道你很害怕，但那都過去了！　哈莫尼、已經死了！你爸爸……也已經死了！接受現實、那都過去了！壺麗！壺麗！妳還要走向未來！跟著我、我是、妳的……」

深深吸了一口氣：

「我就是『你以後心中、最重要的人』！壺麗！跟我走！」

「咖」的一聲！

但其實沒有真正的聲音。而是在男孩的瞳仁深處，似乎傳出某種東西斷裂的波動。

然後、終於、在眼前的黑色眼珠罩上了一層濕潤的薄霧，微溫的熱度湧現。

英娜意識到時，已經被男孩抱住了。

達利・都奈將頭埋在女孩胸前，呼吸急促的抽噎幾次後……

「哇」的哭了出來！

哭得呼天搶地、不能自止、哭的……完全像是小女生……
忽然、環境又回到郭尊。英娜發現只有壺麗抱住自己痛哭。

◆

周圍一片吵雜、正邪雙方交互斥罵！
「這女孩竟能破我的幻術？不可能啊！」
「那還用說！納命來！今天就要收了你們這些妖尼！」
風爆、地裂、還有巨獸的嚎叫。
但英娜只關心這縮在自己胸前哭嚎的壺麗，也伸出了雙手輕輕攏抱她，溫柔地撫著她的頭髮安慰。
因為小女孩心中知道：
「這是一場遲到太久的眼淚。從那一天開始，這男孩就希望能夠像個女生一樣大哭出來。但是一直沒有！所以、所以……」
稍微再將壺麗摟緊：「以後想哭，就來找我吧。」
懷裡的那位、淚流不已、難以自制。
僅能輕輕地點了點頭回應。

急中生智

「不必打了，撤！」

連最強的戰力都被奪走，再打下去只怕要吃虧了。爫玉師太綜合眼前戰況，做出了合理的考量。

眼看林碧山似乎還想追擊，英家老爺忙大叫。

「窮寇莫追！」

一邊拉住這戰友，英家老爺一邊勸道：「以後有的是機會，不急在這一時。」

緩緩乘風而降的佬密氏也附和：「沒錯！再打下去，也打不死她們。」

就算善戰，背後也被虜艦的垃圾紙魚劃了二道傷口。

佬密氏：「對方的實力是一回事。但打不死，最後反而是我們會累死！」

這倒是事實，但那邊還有一鳥絕不肯放棄。

傳說中的神鳥與死神的代言者，小紅此時回復成紅羽異鳥的姿態。飛到壺麗頭頂猛啄，還不時拉著這偽娘，要去消滅邪惡的壞人。

壺麗：「不要啦！那好髒耶！而且、而且……」

眼睛還淚汪汪地看英娜，明顯還想多撒嬌一下。雖然之前也曾答應這紅羽異鳥要讓壺麗聽話作戰，但現在又忍不住替她求情：

「那個、小紅啊、反正敵人也打不死。這次先讓她們逃吧，以後……哇！什麼東西啊？」

聽到驚呼，壺麗也好奇的抬起頭一看。

在黑夜的天邊所湧現的，是詭異至極的層層雷雲。

雖然能看出雲的本體是黑色的，但邊緣卻似乎閃光不斷，使的輪廓完全在黑暗中顯現出來。而且這動態，不像是一般被風推動的雲氣，反而有些像變形蟲一類的生物，在半空漂浮成長一樣。
層疊的雲氣間隙更是以不尋常頻率，閃耀著雷電。
佬密氏：「為什麼看到這麼多閃電，卻聽不到雷聲？」
沒人可以回答，但都不會天真的以為這是自然現象而已。
只不過一會，詭異雷雲竟籠罩了整個夜空。半空電漿在雲海間流竄！更傳來似乎熟悉的笑聲！
「嫵蟷！」
苁玉師太：「還沒死透嗎？是在那裡施展法術吧，給我滾出來！」
回話是一計驚天大雷！
苁玉師太雖然險險避過，然而一抬頭卻是嚇的心驚膽跳！
雷雲組成了巨大的嫵蟷半身，雙眼更是電光直射，在半空中俯視著大地。映襯背景滿天邪雲，與一臉猙獰的神情。
「神」這字眼一時間閃過眾人的心中！
「不對！」
情勢詭譎，反而是壺麗先有反應。
一轉身將英娜拉到背後護衛著：「這傢伙接受了某種邪惡的力量，從死亡的地獄回來！而且變成妖怪了！」
似乎呼應壺麗的說明，無數霹靂劃空轟下！雖然沒有特定目標，也讓大家閃躲的好不狼狽。
震耳雷鳴中，雲霧塑成帶著驕傲神情的臉！

「是神的力量！」

嫵蟷一開口、同時引動天雷巨響，呼應自己近乎癡顛的狂態：

「大首領恩賜神力！我是神了！我、是、神！神，將會推翻韃靼，復興大漢！本神要在這海島、在這海島上……」

「本、神！將帶領正統的漢人！在這海島建立偉大神聖漢人的新帝國！」

「這、是、神、喻！」

「漢人萬歲！新漢國萬歲！萬歲！萬歲！萬萬歲！」

這赤蓮軍的前舵主，精神肯定不是正常的狀態！再加上現在成了這鋪天蓋地的雷雲體型，基本上已脫離人類的範疇了。

苡玉師太更不猶豫，提起魔法袋指揮妖獸：「用朱厭和蜚掩護！我們快走！」

這裡的我們，似乎只有自己的弟子，而忘了還被埋在塌牆下的陳蓋了。

不過幾乎同時，那只魔法袋上的西洋形式魔法陣卻發出亮光與高熱燒了起來！裡面的二顆水晶球更破袋而出，凌空飛去不見蹤影！

情況詭異，但苡玉師太馬上猜到了關鍵：「大首領！」

大首領？在另一邊的英家老爺聽到，也不由得倒吸一口涼氣：「所有人退到地窖內！赤蓮軍的大首領來了！」

立刻的想法還是利用地窖內的通道逃命。

但是頭上卻是黑影蓋頂，一隻巨大的猩猩越過頭頂。更直落在地窖的洞口！其重量壓的地面四裂，連地窖都坍塌了！

英家老爺：「不妙！人還在下面！」

在地窖內還有躲著的各家貍戶，若是剛好在下面，只怕凶多吉少！

但是、眼前卻無法分心。定睛一看，這巨大的猩猩竟是朱厭！

但原本巨大的體型卻變得更加壯碩！而且全身的猴毛憤張而且變成黑色，根根豎起猶如巨大鋼刃一般。更誇張的是，居然長出一對蝙蝠般的巨大翅膀。神情更是顯得猙獰可怖，雙眼一片血紅，殘暴兇性顯露無遺。

另一邊紅羽異鳥也啼叫示警！

不只巨猿，連牛妖也變形了！蜚不但體形巨大化，還長出了覆蓋全身的帶刺甲片。更在原本自己所帶的熱焰燒灼下，成了火紅的滾燙鎧甲。

而狀似雲神的嫵蠕，不但引動驚雷不斷劈下！阻斷五名妖女去路，更將月時和福女都轟成碎片。還鎖定了重生的地點，用連續驟雷猛擊！讓不死的反而理解了「死去活來」的噩夢！

苁玉師太也心驚膽跳，正要豁盡全力衝出生天。四周電網乎停，詭異邪惡的氣息充斥每寸空間。

就像是弱小的動物，聞到兇猛野獸的氣味，而被嚇呆了一樣。場中眾人、貓妖、樹神、龍鳥、甚至不死的女妖都不由得停止了動作。眼望著那令人恐懼的來源。

二大妖獸也躬身伏地迎接，連天上的魔雲都撤開一角。讓淡淡月光能照亮來者。

那是一個高挑的男人。

一身貼合的黑衣、背披著紅裡黑披風、頭上罩著有奇怪金色紋飾的黑布。

若說還有一絲明顯的顏色的話，那就是透過面罩眼孔內所洩漏的一點精光。

「藍眼珠！」

英家老爺在極度的震驚之下，試圖分析現況：「雖然只能看到一點，但這絕對是屬於洋人的『色目』！這衣飾和頭套上的符紋，也與中原的樣式大相逕庭！難道，難道……」

思緒被打斷！因為身旁的林碧山忍不住大吼：「這到底是什麼妖怪？英家的！這魔物是什麼樣子？」

確實，不論在人眼中看起來是什麼樣子。這股異樣的感應，正是來自壓倒性的、令人類不由自主心生恐懼的魔氣！

苁玉師太也無法再忍受下去了！怪叫一聲，便向著另一個方向沒命似地竄逃。虞尶和唄哈也跟逃命！

然而大首領手一揮！

三人才走不出幾步，身周卻浮現無數半透明的圓形魔法陣。法陣中央竟伸出帶刺鐵籐，將三人立時被緊緊綑綁。尖刺更是穿皮劃肉，讓不死的反而認識了「痛不欲生」這句話的真正含意！

帶刺鐵籐更不斷翻轉移動，不一會強押著三個女人跪到了大首領面前。

這時苁玉師太道服更全被割破，全身赤裸而且血肉模糊地跪在這赤蓮軍之首面前。

雖已沒了之前的囂張神態，卻還以僥倖的語氣威脅道：「你……你，區區墮天使！知……知道我的主人是誰嗎？」

話才說完！這大首領手指一抬，鐵刺籐攪得更緊，尖刺不但生長而且岔出分支。還穿入了三個女人體內，再透腹串出。讓苁玉師太三人，忍不住尖聲慘叫！

一旁的英家老爺一行人看到這一幕，更是噁心至極！

正想趁機逃走，那牛妖和巨猿卻堵住了去路。

看著眼前的赤裸女子痛苦好一會後，這大首領才發出一聲冷笑，放鬆箝制並伸手抓住苁玉師太的頭髮說道：「使徒，我知道妳的主人是誰！」

語氣冰冷、更帶著濃濃的怒意。但苁玉師太此時像是抓住一線生機般：「你……你知道就好。如果我有閃、閃失！主人絕不……哇！哇！」

話說到一半，這鐵籐竟又再度捆緊。

大首領更直接與苁玉師太面對面，惡狠狠地道：「就是要讓所有人知道！誰、都、嚇、不、了、我！」

呼應首領的意向，雷雲化的嫵蟷同時將月時和福女也「殛」了過來。可憐這二女妖才從連續閃電下喘息重生成人型，又陷入重重鋼刺地獄之中。

大首領雙掌下按，對著地面虛撫。身前地面先浮現一半透明的圓形法陣，再形成一個大洞。不但深不見底、漆黑無光。另一側真空的壓力差，更吸引四周氣流不斷湧向洞內。

於是手一抬，鋼索團竟浮空慢慢移向洞口。大首領輕蔑笑道：「既然妳是不死之身，那就和本座的Ferro Rose（拉丁文鋼鐵薔薇）一起關進異空間裡。再過萬年之後，看妳還想不想活命！」

眼看就要永世不得超生，苁玉師太絕望的嘶吼：「我知道歿世血脈在哪！」

聽到這話！大首領竟急的掌心打出勁雷，將洞口邊緣轟碎一塊。法陣被破壞，洞口立時封閉！鋼鐵薔薇更重重墜地！

也不再裝模作樣，大首領直接用手抓住鐵薔薇一拉。將苁玉師太轉到自己正面，喝道：「妳、知、道？說！說出歿世之祖在哪？我饒妳一命！」

其實說出來，只怕死得更快！但要不回應，絕對死得極慘！

在這生死為難之際，苁玉師太靈光突現！一面緩緩聚積功力，一面說道：「你……你必須保密！別說是我……是我說的才告訴你。」

這大首領一聽，惡狠狠地瞪著眼前的女人：「現在還敢玩花樣？再不說要妳知道什麼才叫『生不如死』！」

說完更加緊鐵薔薇的穿刺，讓五大師徒都哀嚎慘叫。

但其中，苁玉師太卻強忍痛處，更加累積內力。還差一點點……

苁玉師太：「如果……如果我洩漏歿世血脈的情報給你……給你知道……好痛啊！一定，一定逃不過主人的責罰！那還不如……呀！不如就這樣關進無間地獄去！」

這倒也是，大首領於是稍微放鬆了箝制：「那妳說吧，我保守祕密便是。」

再一點點、再一下……苁玉師太：「其實那遠在天邊，近在眼前。」

大首領：「別打啞謎！快說！」

還差一點……苁玉師太：「不可讓人聽到，請將耳朵靠近來小聲說。」

大首領猶豫一下，但還是忍不住依言附耳過去。

苁玉師太：「看到後面，郭樽那群人了嗎？」

在另一邊的英家老爺等人，發現這大首領竟側著臉觀察自己，更是各個背脊發涼。其中知母六，更是在沒人注意之下發動藏法隱身去了。

然而就在大首領地視線、忽地緊盯住英娜、更倒吸一口冷氣的那一刻！
苂玉師太忽然大喊：「郭樽的快逃啊！」
同時拼命一擊！卻是打向身邊的鐵薔薇！
獨門爆炸式掌力，順著鐵藤傳遞。被困的師徒五人立刻炸成肉屑！
一時血花滿天，腥臭嗆鼻！
場面霎時噁心恐怖至極！
大首領雙眼視線受阻，當機立斷：「攔下他們！」
聽到警告的英家老爺反射性喝道：「快走！」
情勢登時突變混亂動盪！
雙方各自緊張、不由自主陷入激戰！
被打碎也能重生的妖尼們去哪了？竟被忘了……
多年後英娜回想這一段時，總將苂玉師太此時的決斷。
視為「急中生智」的學習模範！

歿世之王

英家老爺的石彈與林碧山的鐵腿硬憾牛妖，誓要闖開一條生路！

一旁佬密氏和藤樹神也同時對朱厭發動攻擊！但這巨猿卻明顯地變強，不但周身硬毛竟能割斷藤蔓糾纏，更承受佬密氏的旋風！還可以重拳反擊！

嫵蟷半空行雷！一隻紅鳥卻直竄飛起，更驟然轉化巨大龍鳥！憑著體型承受雷擊，替地面眾人掩護。

大首領手一伸，正要以鋼鐵薔薇抓人時，一支毒木匕首刺入後腰！

正是知母六發動偷襲！得手立刻隱身退去。

大首領還想反擊，神箭卻夾著驚人威力射到。

「混蛋！看我的！」

嫵蟷一面用閃電困住龍鳥，一面將雷雲延伸到遠處山頂猛轟。神祕的弓箭手一下沒了距離的優勢，卻毫不退縮。展開身法在樹林間遊竄閃避，更不時發箭反擊！還沒忘記對郭樽的同伴進行支援。

其中一箭命中牛妖，也讓被逼到牆角的英家老爺和林碧山好不容易抽身。

英家老爺更是大喊：「敵人太強了！撤退！壺麗快帶英娜離開！」

英娜卻叫道：「等一下！加禮大哥呢？」

沒來得及找人，前方傳來一聲慘叫！

知母六重施故技！這一次大首領卻在被刺的同時，背上的斗篷忽然伸張。不！是現出原形後張開了！

竟是三對、六只巨大的黑色羽翼！

每隻翅膀都超過一般人的身高、黑色的羽翼、尖端有紅色的長毛、伸展開來時占據了身後的偌大空間。

知母六還未退開已被巨翼淹沒，再退出來時，身上卻插了幾根紅黑色的羽毛。衣服與皮肉，更從被羽毛射中的地方變黑腐朽。
只來得及一聲慘叫！這霄裡的戰士首領，竟然當場化成爛泥！
遠處傳來一聲狂嘯！霎時連環箭射大首領！那神祕弓箭手火力全開，連疾箭飆起的尾流都被捲成一只巨大眼睛似的。但這六隻黑翼的範圍，似乎有著隱形的盾甲。勁如炮彈的神箭，也無法穿透。
嫵蟷加強對神箭手所在的山頭猛轟反擊！
半空的龍鳥趁機還原成小紅鳥狀態，飛到壺麗頭上大叫。
惑精：「小姐！小紅說要壺麗小姐趕快出絕招！」
壺麗：「不要啦！那好噁心耶！」
英娜：「什麼呀？還有絕招就快出啊！咦？地面！」
眼前地面忽然裂開，伸出無數鐵薔薇，就像英娜與壺麗捲去！偽娘巴掌雖然打斷了眼前的鐵薔薇，但刺藤卻由斷口復生！數量更讓人應接不暇，甚至繞過壺麗逼近英娜！
然而一聲清嘯！達吉斯・都奈不知由何處衝來，更手持斬鐵斷鋼的玄鐵重劍。亂揮亂斬下，暫時擋住了攻勢。
一眼瞄去、這阿泰雅戰士幾乎赤裸。卻在腰間用布條繫著少林叛僧、三癡的頭！唯一解釋，便是三癡要逃走時遇上了煞星。最後被奪去了寶劍和頭顱！
此時四周空中更浮現無數小魔法陣。照剛剛所見，等一下必然出現更多鐵薔薇！多到數量將難以應付！
藤樹神丟下對手，大喝一聲：「看我的！」
無數藤蔓伸出，先一步護衛眾人周圍。待鐵薔薇捲到，藤樹神也同時長出無數藤蔓與之糾纏。藤蔓即使被鐵刺切斷，卻仍生生不息，在屬性上竟恰好剋制鐵薔薇！

英家老爺大聲喝道：「英娜妳先走！」

光二隻強化過的妖獸戰力，就難以隨意轉身撤走。還有空中雷神似的嫵蟷，前方魔神般的大首領！

「今日唯有豁出性命阻擋敵人，英娜才有逃生機會。」

心意已決，英家老爺於是加緊攻擊眼前的敵人！佬密氏、林碧山更是有志一同，與藤樹神在前方組成一道防線，毫無退卻之意！

但是大首領伸掌虛按：「Rose Curse！」（拉丁文薔薇的詛咒）

鋼鐵薔薇忽然化開，卻成了散發腐臭味道與高熱的黑色金屬溶液，更像是水銀一般，落在地面的聚集成球狀。沾到藤樹神的，就直接滲入了藤蔓之中。

藤樹神只能慘叫一聲，隨即所有樹體都變黑枯萎。

惑精大叫：「母親！」

英娜也急的大吼：「壺麗！」

「可惡、只好這樣了。主人請退開！」

下定決心，壺麗身上忽然湧起黑色霧氣。嚴格說這黑霧無臭無味，但不知為何？在一旁的英娜和達吉斯・都奈都立刻聯想到「死亡」！而且一種動物的天生本能，讓二人不由自主退開老遠。

而大首領見到這黑霧，面罩後的眼睛更是藍光四射。六翼黑羽舒展，竟讓自己浮上半空。兩臂平伸、雙掌托天、挺胸仰面、姿態猶如回報夜空的恩惠，唱出低沉的誦令在四周迴響：「Tempus Suspensa！」（拉丁文時間暫停）

然後，就這樣停下來了。

眾人的動作、隨風飄散的塵土、擺動的衣物、滿身黑氣的壺麗、半空的紅羽異鳥……全都停止了！

不知為何，英娜竟然還能活動？

「惑精！惑精！又沒反應嗎？壺麗！壺麗！怎麼不動了？」

周遭的活動完全凍結，天地萬物霎時了無聲息！英娜愣然了好一陣子。一回過神來趕緊求救。卻發現壺麗完全沒有反應與動作！不但如此！手揮過半空中的黑霧，竟然將霧氣劃出一道空痕。將壺麗的衣服摺起一角，居然就這樣停在半空而不落下。

面對不可思議的環境，英娜也一下六神無主：「這是怎麼回事？」

「吾也想知道啊，為何妳這小女孩還能動？」

一抬頭，英娜只覺血液也為之凍結。大首領在浮雲也靜止的夜空襯托下，一雙藍眼珠更顯得明亮。但這目光，卻讓英娜感到冰寒刺骨。

那是野獸捕捉到獵物的眼光！

那決不是一個九歲小女孩能夠承受的壓力！

英娜本能地打出

大語符紋：

（雷 luî）

符紋一出！凍結時間的天際，竟萬雷奔騰齊下猛轟，要將邪惡的根源消滅！

一不離二，再來！

大語符紋：

（火 hué）

符紋二出！身前三步驟然升起沖天火牆！要隔絕這令人窒息的鬼神目光！

驅動傳說的法力，時間暫停的寂靜世界轟然天雷地火交加！但英娜卻是心生絕望。

有六翼的紅、黑羽翎護衛，大首領將雷火威力拒於六尺之外，以可稱為「昂首闊步」的姿態，不徐不緩的走到了少女面前。

當二人視線再次交錯的一霎！

這眼珠藍光殘忍駭人，讓英娜無法保持正常思考！法力無以為繼，所有雷與火立刻熄滅無蹤。

「吾現在才想到，為什麼妳這小女孩能在暫停的時間中活動。」

與雙眼的寒光相反，大首領口吐滿滿的貪婪熱氣：

「預言中的歿世之王！在世界文明毀滅後的歿世裡、在人類逃過自己製作的滅亡天火後、在無法被稱國家的海島上、建立人類最後一個王國的王！而那一個偉大存在的祖先……」

大首領向著英娜伸出了顫抖的雙手，就像是要捧起一個貴重又易碎的瓷器般：

「就是妳！未來歿世之王的先祖！時間與歷史終結的關鍵，當然對控制時間類的魔法具免疫力！妳、是、未、來……」

眼看雙手就要碰到肌膚，但英娜只嚇得全身發抖無法動彈。

身後卻徒生詭異氣息！

大首領雙手更被隱形之物纏繞，有如活生生的繩索將衣服、肌肉都絞出深痕。其型態更有如……

英娜、大首領：「蛇！」

手上似被無形的蛇綑綁！在小女孩後方的，則更龐然有如巨蟒！

連大首領也心生恐懼！功力爆發震開手上束縛，同時六翅一拍，先退出安全距離。

從小女孩頭上三呎之處，竟化出薄光印照半空！

在朦朧中的身影，無數大小蛇群，纏繞著一個壯碩男人！

「小、小、墮、天、使……」

這男人一開口，威嚴無比的語音！讓這靜止的世界萬物顫動不已！

「竟、敢、來、惹、本、將、軍、先、祖……」

如果說，剛剛大首領創造了這個時間暫停的世界。

那現在這自稱將軍的男人，就是在一瞬間展示暴力霸占了主權！

這是一股無與倫比的恐怖、滔天覆地的惡氣！就算是剛剛不可一世的赤蓮軍領導者，也在這邪威之下不由得萎縮！

但這次英娜卻反常地感到一絲安心？

難以言喻，雖然心中也認為這周身環繞蛇群的男人不是什麼善類。但有種莫名的親切感，讓小女孩知道這魔鬼也害怕的男人決不會加害自己。

大首領：「果……果然是歿世之王！」

用一隻顫抖的手，強硬按住另一隻顫抖的手。大首領更將六隻翅膀全部張開！雖然無法停止身體的自然反應，但是似乎找回了反抗的勇氣！

大首領：「只聽過現世的人祈求先祖的庇佑！沒想到歿世的王，竟能穿越歷史與時間反過來幫助自己的祖先？果然是預言中能讓神與魔都滅亡的男人啊！可是、可也不過是未來的虛影……」

終於用貪婪克服了恐懼，大首領怪叫一聲撲向英娜，更召喚出鐵薔薇：

「未來！是可以改變的！我要掌握未來歿世的關鍵了啊！」

英娜眼看敵人接近，也只來的及雙手向前一推！這是小女孩本能的抗拒反應，根本不能推開敵人。

歿世之王的虛影手一伸，在身前竟浮現「大語符紋」方陣！

並打出大語符紋：

（冇phànn）

（蟳 tsîm）

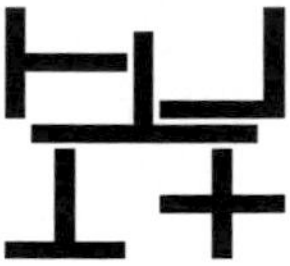
（夯 giâ）

（籠 láng）

（三 sann）

（兩 nng）

（撞 tōng）

（千 tshian）

（斤 kin）

符紋一出！當鐵薔薇和英娜纖素雙手一碰，赫然全部倒捲回大首領身上！

原本佔優勢的魔頭，更不由得向後飛退，重重擦地成坑直撞而去！

好不容易爬起來，大首領一臉不敢置信。

英娜更是因為眼前的驚人變化而呆站著，心念電閃：

「剛剛那是方言俚語『冇蟳夯籠』嗎？原意是小螃蟹（冇蟳）舉不起抓牠的籠子，也就是不自量力的意思。而後面那句應是改裝『三兩說半斤』這俚語吧。一樣是說人不自量力，膨風的意思。所謂大語符紋，原來是這樣應用的嗎？」

之前受限於所學不多，英娜只能用單字的效果，這是第一次接觸到了真正的實戰用法。這歿世之王以方言俚語將現實逆轉！將大首領暗示成只有三兩力的小螃蟹，哪能對抗千斤之重的鐵籠呢？

看到敵人如此醜態，虛影內的蛇群嘶聲示威。

歿世之王也一陣冷笑：「『不自量力』這句話，說的就是這種笨蛋！不值得本將出手，就讓守護契約的戰士來收拾你吧。」

再次伸手劃出，大語符紋：

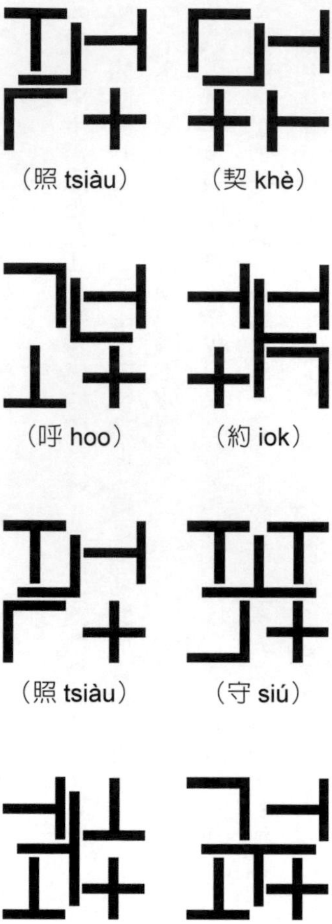

（契 khè）（約 iok）（守 siú）（護 hōo）

（照 tsiàu）（呼 hoo）（照 tsiàu）（行 kiânn）

所謂「照呼照行」也是方言俚語的用法，意思便是要依照既定規則而行。

英娜不禁心想：「那『契約守護』是什麼？」

不料回答竟是來自敵人身上！大首領腰上爆出了耀眼光芒，一顆閃亮寶石衝破布袋飛出。

大首領驚呼：「魔力之源！」

原來這就是在大溪頭掘出的「魔力之源」？大首領忙一把抓住，更召喚鐵薔薇將手綑緊，絕不容這到口的肥肉飛走！

「這證明本座找對了！」

無視劣勢，大首領發出詭異的笑聲：「這絕對就是『人神契約』沒錯吧？呵呵呵、等著瞧！看本座掌握命運的關鍵，讓未來成為吾囊中之物！」

話才說完，魔力之源竟開始不停的震動並爆出巨響！英娜更赫然發現，震動的頻率，竟和自己的心跳相合！緊張之下，心跳更不由得加快，而魔力之源的震動也更加速！

靜止的時空中，也有二個猶似心跳的鼓動聲回應？

「呀……呀……」

其中一個心跳聲的方向，竟是壺麗發出了緩慢而且似乎被壓抑的聲音？英娜更注意到她身上原本被暫停的黑氣又開始緩緩的流動。雖然慢，但再也沒有窒礙。那股令人感受到死亡的壓力更是無限制的擴散開來！

大首領：「先下手為強！去死吧！」

六隻黑翼疾撲，無數羽翎射向眼前的偽娘！

另一處心跳聲由塌牆亂石堆下傳出，此時竟伸出無數紅色細線。這紅線像是有生命般，追上了飛行中的羽毛。更在一接觸時，立刻將羽毛染成一片血紅色。赤紅羽翎更在半空轉了一圈，反過來射向大首領。

「混蛋！怎麼回事？」

一面罵一面用翅膀防禦自己的羽箭，幾條紅線卻欺到身邊。一絲紅線搭上了左手，居然將前臂染成了血紅！而且更立即失去了知覺！

大首領心中一驚：「這紅線像是血管！被血液沾到的，就會被術士控制？」

手一甩揮斷血絲！但無數血絲襲來。即使呼喚鐵薔薇防守，沾上這紅絲竟也被赤化。更不受控制亂打，反讓大首領一時手忙腳亂！

散發死亡氣息的黑霧，也在壺麗身邊越湧越快。

大首領急中生智：「是和這人神契約互相呼應嗎？可惡！看我的！」

揭開面罩一角，口一張竟將人神契約吞下！

或許真的做對了！嘴一閉，喉嚨咕嚕一聲，原本紛亂的環境立刻回復寂靜。血絲消散於半空，歿世之王的虛像也無影無蹤。

大首領正慶幸重新掌握狀況時，赫然發現……

眼前黑霧洶湧不停，死亡氣息無止無盡！

轟然巨響、壺麗爆炸了！

被突如其來的爆炸威力波及，英家老爺不由得跌在一旁。

雖然來的突然！但久經戰陣歷練的老將立刻鎮定下來觀察周遭：「怎會毫無預警？是壺麗爆炸了？」在空中的大首領更是全力警戒著眼前的發展：「居然解開了時間結界？下次滿月前無法再用了！難道是歿世之王親自現身嗎？不對！這到底是？」

當正邪雙方都不知所措的時候，半空卻傳來一計興奮異常的鳥鳴。

即使不懂鳥類的語言，任何人都可以感受到紅羽異鳥高漲的戰意。急速環繞戰場，還不斷狂啼示威。而在圓圈中央的，就是還未散去的黑霧。以及隱約知道事實的小女孩。

雖也被風暴震跌坐倒，英娜心中竟有股異常的安全感。這心態讓自己也覺得莫名其妙？擋在自己和敵人之間的黑霧逐漸散去，一道身影緩緩出現。

是一個長髮披肩的高挑身材。

英娜不禁叫道：「壺麗！哦？壺麗？」

應該是那壺麗，但這昂藏七呎的背影卻展現男人特有的映像。

連大首領也不禁奇道：「死神的戰士？人神契約的守護者？」

隨著煙霧散去，眾人發現這男子身無寸縷，卻可說是一種完美的身影。

如此形容絕非過分，男人體型發育必然展現生存歷練的痕跡。

武人魁梧、書生俊俏、獵人水手有與自然搏鬥的堅韌、文人貴士有養尊處優的嫩腴。

但眼前這男子一身挺拔！卻是再增一分可稱之為壯碩，減一點可說是瘦長。

毫無傷痕的皮膚，似乎反映的與太陽親近的稻穀溫褐，又似照印天上明月柔光的白皙。

手腳修長結實、周身毫無贅肉、卻是肌理條紋明顯、又非筋肉糾結粗蠻。比例勻稱完美，誇示著活力與彈性。

聯想其行動必然敏捷異常，更潛藏著無窮爆發力。

雖然英娜在身後，無法看到那飄逸長髮之前的面貌，竟也在九歲少女心中引起遐想。

但朋友的安危更令小女孩著急，正想繞過去尋找應在那裡的偽娘身影，卻聽到了熟悉的詞句。

「居然欺侮我家主人？你們是否有覺悟了？」

嗓音沉穩、溫和、平淡卻不失威嚴、略帶著清脆的低音。

人類說話真的很奧妙，就算是男、女聲調完全不同。但其中個人獨有的特色卻讓英娜終於確認！

「壺麗！你怎麼變成男人了？」

話一出口才感覺大冏，心想：「再說什麼呀？偽娘本來就是男的呀！壺麗說過他能變小孩，是用魯凱族、蛇神婆婆教授的『小人術』裝的。所以現在，是法術解除了嗎？那現在眼前的，應該是……」

再也沒有任何掩飾，眼前就是那位名叫達利・都奈的男人。

被死神與傳說中的神鳥所認定的……

人界最強戰士！

破地獄

真正的死神戰士！達利．都奈終於現身！

但即使如此，大首領也毫無懼怕：「這海島的死神代理，也同時是『人神契約』的守護者？東方文化說『物盡其用』，果然沒錯。但吾打遍世界，死亡見的多了。別想嚇唬本人！」

牛妖、巨猿同時在二旁狂嘯，天上嫵蟷引動雷電交加助陣。一時間氣勢攝人。

達利．都奈赫然張開了雙眼。前方忽然一片赤紅！這美貌男子的雙眼中，竟有熊熊烈火！輕輕一縱，人已躍上半空。

速度不可謂不快，但全身竟然傳來「劈劈啪啪」的聲響？

林碧山：「那是久坐不動，骨節僵化的聲音?這人血氣不通嗎？」

確實動作有種僵硬的感覺。

但達利．都奈凌空一踏，空無一物的半空立時佈滿裂痕，其中更湧出火焰和一股難以忍受的氣息。那是一種屍臭、血腥味、怨恨與詛咒交織而成的氣息。

連英娜都忍不住就要吐出來時，四周的動作竟再一次暫停？

與上次時間被停止不同，這次眾人都還保持著清醒的意識。但像是天地萬物都被一種極大的蠻力，由四面八方擠壓著無法動彈！而且竟連大首領一方人馬都無法活動！

唯一動作卻是達利．都奈握緊了拳頭，作勢要打向前方無人之處：「小姐請忍耐一下，壺麗馬上趕跑壞蛋！」

還是認同自己為壺麗，達利．都奈重拳揮出！

空無一物的夜空這次傳出爆裂巨響，像是破碎瓷器一樣裂出無數異空間的洞口！

同時各人回復自由，卻忙於躲避由洞口竄出的烈火。四周竟立刻充斥永無止境哀號聲，以及洶湧澎拜、足以掩沒世間的噁腐惡氣！

實在頂不住了，英娜只有跪倒地上狠狠嘔吐。一抬頭卻看到更毛骨悚然的景色！

在四周飛竄的火炎末端，看到了人活生生被焚燒掙扎的幻象！一閃即逝，但畫面震撼！再加上周遭環境可怖至極，心中霎時聯想到一個解釋。

林碧山：「大家快找地方躲藏！那個壺麗將地獄打破了！」

沒錯！英娜終於明白：「這拳頭竟能打破現實與地獄的境界線？難怪平常要用巴掌。」

空中再次傳來鳥啼，紅羽異鳥化成一道紅光，穿梭在地獄烈火之中。羽毛更吸收烈焰與冤魂，開始變亮燃燒。

意識到情勢轉變，大首領爆喝一聲。反擊開始！

嫵蠕打響第一槍，空中的雷雲閃電疾打。然而小紅鳥迅速快捷，攻擊全部落空。凌空步虛的戰士更連躲也不躲，承受天打雷劈也不在乎。

巨猿和牛妖也展開攻擊，張牙舞爪往達利・都奈襲去。

正當戰士要反擊時，魔王的鐵薔薇竟先一步將他全身綁了起來！朱厭重拳正面命中，不停連環槌打。蜚的尖角重重刺在背上，引出雷電火花不停鑽刺！

地上的英娜不禁發出驚呼！

半空大首領則狂笑不止，背後翅膀再次射出無數羽箭！

「就算是死神的戰士，也是會死的！」

大首領手一招，羽翎竟在手上聚集成一隻長劍：「本座的魔劍！Venenum Pluma Gladio可以腐蝕萬物，就讓你化成一攤血水，回去地獄向死神懺悔自己的無能吧！」

魔劍疾刺！一道旋風強飆卻在前擋道，另一支勁箭更由奇異的角度刁射而至。正是佬密氏和神祕的弓箭手支援！

神箭避無可避，卻無法射穿大首領的翅膀保護。

魔劍一斬將龍捲風從中截斷，劍風更夾著具腐毒的羽翎反射向佬蜜氏！不過千年貓又也非等閒，往後一翻化成貓型，居然在重重攻擊的夾縫中逃生。

嫵蟷也再次以巨大的雷雲之姿，對遠方的神箭手發動閃電轟炸！

然而大首領想繼續攻擊之時，前方赫然高熱逼人！

還沒來的及反應，已被二道烈焰射線打中！雖然能用翅膀防護！但這火焰不但炙熱異常，將羽毛都燒的赤紅。而且濺開的火花末端竟湧出無數被焚燒的罪人冤魂，還反過來抓著敵人無法脫身。

透過翅膀的間隙，更發現這地獄的熱線竟是由達利・都奈一對火目射出！此時這戰士雙眼的烈焰，連纏身的鐵薔薇都被溶解，嚇得前方巨猿朱厭也縮手退後。只剩背後的牛妖還猛力進行毫無效果的突刺！

墮天的大首領也露出懼意：「Ignis in fernalis！」

即使不懂大首領的語言，佬密氏也吃驚地大喊：「和地獄中升起的火焰一樣！這傢伙的眼睛會射出地獄之火？」

在地上見到這一幕的英娜更是震驚：「這……就是真正的『少女的熱情注視』嗎？真虧了他平時能拿來搞笑。」

不過大首領此時可不有趣。翅膀外層因高熱爆開，著火的羽毛四散飛揚。又被無數怨魂糾纏、連逃也逃不了。

開戰以來，這魔頭首次感到痛楚！

巨猿朱厭也心生怯意。即使大小懸殊，也不斷退後想遠離這死神的戰士。卻忽略了另一個死神的代理！

天際傳來嘹亮鳥啼聲，火光與赤雷劃破夜空。

海島傳說中的紅羽異鳥夾著獄火天威，以迅雷不及掩耳的速度進襲，竟一舉洞穿了朱厭的胸膛！

一不離二，紅羽異鳥瞬間折返，再次穿過巨猿腹部！即使有異變的翅膀，就算是上古傳說的戰爭之兆，也得從空中跌落地面了。

卻還能掙扎，傷口以肉眼可見的速度復原。

紅電再閃，這次狠狠地將敵人頭部削成碎片！

一舉建功！紅羽異鳥放慢速度環繞對手，這時眾人才發現。

原本鴿子大的體型，再吸收地獄的烈火之後脹大了數倍。身上的羽毛根根豎起、尾部伸長而且末端長出羽束。獨眼泛射藍色寒光，頭頂長出如刺羽冠！

但最可怕的周身環繞的地獄之火！而且在火花末端，還浮現罪人在地獄被烈焰焚燒的掙扎身影！懺悔、哀號之聲在四周迴盪！

炙熱、艷麗、可怖、熊熊烈焰映襯著周身紅羽、卻又帶著一股莊嚴。

大首領：「infernum Phoenix！」

雖聽不懂，佬密氏／英家老爺卻也發覺：「這是地獄來的火鳥嗎？」

這海島的神話之鳥——鶳逆・嘎巴坦尼亞（音huni qbniq）！終於展現被世人所傳頌的姿態！

眼見朱厭即使沒了頭，還能不斷掙扎，就像是之前不死的女尼一樣，這巨猿連斷頭都能緩慢再生。

火鳥般死神代理、地獄的鳳凰。翻身俯衝，便對準敵人張啄啼嘯！

嘹亮、尖銳的叫聲！甚至在空氣中形成波紋，籠罩了巨猿。朱厭猛然一震，整個重生的過程赫然終止！全身立時乾燥、石化、支解崩裂。周圍的地獄裂口湧出無數冤魂，搶奪碎塊後返回地獄。

連大首領也心生懼意：「在蒐集這海島資料時，有個太古神話。說是一支獨眼獨腳的紅鳥，會在黑夜的高空啼叫，凡是聽到叫聲的就會死！就是這地獄鳳凰嗎？這海島傳說中的鳥啼聲，正是代表死神的亡命宣告！」

連魔頭也感受害怕，那畜生更不用說。

原本還不放鬆攻擊的牛妖，此刻終於感到害怕。身形一縮想要退後，牛角尖端卻被達利・都奈一把反手扣住！即使拼命拉扯，又用前足猛踢掙扎。

但沒想到雙方不但體型大小懸殊，力量更是天差地遠！

那站在半空中的戰士完全紋風不動，只半舉著另一隻手，緩緩地轉動手腕。

然而英家老爺卻是心中一凜：「沒有骨節爆裂聲，動作也順暢了。這達利・都奈要全力出擊了！」

而前方的大首領，更是心驚膽戰！

在烈火視線之下，死神的戰士卻露出輕蔑的微笑。那是、有信心可以打爆敵人的微笑！出手了！

在絕不移開雙眼熱線的焦點下，雙手並用一步步由牛角、牛鼻、抓扯耳朵、扣住顎骨、一分分、一寸寸、直到能抓住後頸時，一口氣將牛妖摔到前方。

號稱為「疫病之兆」的斐，在哀號中被烈火視線劃成二半！

飛撲而來的地獄鳳凰立時補上一記啼叫！只見這牛妖也是立刻乾枯碎裂，還未落地便給怨魂給收走。才收拾嘍囉，紅羽的火鳥閃電折返，便直接對著大首領發出死神的宣告。只是這次效果卻不如之前，僅僅再剝下一層羽毛。雖有怨魂想撿便宜，但發現目標仍有戰鬥力，便折返地獄。

大首領看出端倪：「你們這招不先重創對手，效果就有限是嗎？嫵蟷！」

一聲令下，雷聲大作！妖雲聚集全力的閃電直接命中達利・都奈！雖然無法造成傷害，也讓這無敵的視線稍微一滯。

把握難得機會，大首領：「Roses emissarium！」（拉丁文薔薇花的替死鬼）

唸完咒語一剎那，這魔頭竟然被熱線射穿！更化成瞞天飛舞的薔薇花瓣！

眾人不禁愕然，下一瞬間卻發現十個大首領在片片飛花間出現！

達利・都奈第一時間眼光炸現！連續射穿三個大首領！雙手急揮，巴掌風更有如炮彈。四個大首領被打碎！

卻都只是化成花瓣的分身。

地獄火鳥則衝上高空，對嫵蟷發出死神的宣告啼叫。但漫空妖雲體積龐大，雖有一部分受到影響而消散，還能捲動氣流雷電與之周旋。

剩下三個身影卻結印念咒：「Tres draco spirandi！」（拉丁文三頭龍的吐息）

面前忽現一團黃光，隨即伸出三條蛇頸龍頭，更一齊對著達利・都奈噴出青色高熱火焰！

青炎高溫，連地面眾人都忍不住臥倒躲避。死神的戰士卻凜然無懼！凌空踏前，步步進逼，更以烈火視線與龍焰爭鋒相對！

但時機寶貴無比！三個身影在龍頭掩護下，忽地合而為一。只見大首領舒展六翼、一掌托天、一手持劍指地、接下來卻發生了不可思議的事！

在事後，英家祖孫與林碧山發誓，當時聽到大首領用漢語念咒。但是佬密氏卻說聽到了古老的北方巴賽族的族語，而只懂得阿泰雅語的達吉斯・都奈更信誓旦旦聽懂了那個咒文。

也許這並不奇怪，因為大首領一開咒即唱道：

「神之語言、通識萬物！」

大氣也為之震動，地鳴響徹八方！

大首領：「發動古老精靈魔法、天地爆裂！」

天上浮現了包圍著巨大花紋外圈、內有複雜幾何圖形、半透明而且發著銀光、範圍足以覆蓋整個虎茅庄的巨大圓形魔法陣圖樣。

甚至、在周圍的地面也有類似的發光條紋蔓延。眾人於是意識到，地表也有同樣的魔法陣映襯天空。

大首領、以莊嚴無比的聲音唱出：

「迪、夫姆、史汀！大地與大氣中的精靈！請依據古老的契約履行你們的……」

也許，等大首領念完咒語，真的會天地為之爆裂。

但此時達利・都奈猛然握緊拳頭！橫加於萬物的恐怖怪力，讓儀式就此中斷。

在如此威壓之下，別說吟唱咒語了，連眼球都無法自由轉動。

於是一直注視著朋友的英娜，看見了不可思議的景象！

唯一能移動的達利‧都奈，舉起拳頭、凌空繞過了……暫停在半空的、自己雙眼射出的熱線，和龍焰吐火所交織而成的炎爆。別說是人，連自然現象都要在如此力量之下臣服！所謂攻防，在這情況下根本沒有意義。大首領只能眼睜睜的看著對手越過三龍頭的防線，對著自己扭腰、蓄力，然後才揮出重重一拳！

轟然巨響！現實的世界空間赫然爆裂！

更可怕的是腐屍腥臭浪潮充斥每一寸空間！怨魂鬼哭神嚎、熊熊烈焰更如火山噴射！三隻龍頭也被嚇的縮回異空間！

就算很擔心朋友的安危，但英娜也忍不住一回復活動就再次跪倒嘔吐。地獄之門大開！啟是九歲小女孩可承受？

而大首領，只感到似乎被人捉著其中一隻翅膀，給扯了過去……

糟！這一嚇非同小可！

大首領這才發現剛剛那一拳，居然將自己打的失去意識！

死亡陰影籠罩，求生的本能發動。魔劍疾刺，希望殺出一條生路！

卻聽到玻璃碎裂的聲音。

魔劍狠狠刺中對手臉頰，竟似是撞上了更堅硬的鐵牆。裂成碎片在半空飛散，然後靜止了？

達利‧都奈再次握拳、一手抓住對手翅膀、一拳高高舉起、重重槌下！

地獄的境界線三度炸裂，怨魂火山更壯烈爆噴！

大首領卻有如炮彈墜落！轟擊地面深陷九呎有餘！塵土石塊飛揚、道路破碎坑裂！重傷無以復加，一隻翅膀被硬生生扯斷！好不容易沒昏過去，耳邊卻聽到那致命的地獄宣告！

只不過這次的鳥鳴，真的有如神鳳於九天之上呼嚎！尖銳音波大地迴響、夜空雲海隨之翻騰！

原本佔據天際的妖雲也渦流激盪！雲間雷電亂閃，轟轟爆響驚人！妖異烏雲霎時消散，那魔道士嫵蠕竟由半空落下。

嫵蠕：「大首領救命！哇！」

地獄惡鬼再次湧出，緊緊抓住四肢。尖叫聲中，嫵蠕慘被分屍！更可怕的是，殘缺不全的魂魄竟給惡鬼們硬生生給扯了出來！更拖著哀號的尾音，給怨魂拉進了地獄去！

但已沒人還關心這赤蓮軍舵主，連大首領亦然。

赤炎烈焰遮天蔽月！

紅、黑獄火主宰夜空！滾滾焰海此刻佈滿蒼穹，沉浮赤浪中罪魂用慘痛的哀號發洩在被審判焚燒的痛苦！

猶如現世煉獄的天空、卻從中裂開？

一支碩大無朋的鳥爪，從赤雲間降下。緊接著展現的，是緩緩降下的、碩大無朋的、全身佈滿火炎與冤魂、有發著藍光獨眼的、超巨大地獄烈火鳳凰！

對開的火雲，原來只是巨鳥舒展羽翼。在這海島最可怕的神話，此時展現傳說中的無敵姿態！

地獄火鳥、張翅挺胸、蓄氣待發、伸啄下探、隻目睥睨著不成比例的渺小、如螻蟻般癱倒在地的魔頭！

再無疑問！這一計死亡宣告的威力，必讓有六隻翅膀的惡魔魂飛魄散，直墜永世無法超生的煉獄底層！

就算是大首領，也絕望地發出最後的慘叫！

達利・都奈卻聽到了另一個慘叫！

英娜身邊的地面裂開！站也站不穩，就向著其中一個裂口跌下去了！

惑精猛然伸長了枝幹，試圖抓住旁邊土牆。卻無法撐住二人重量，叭的一聲斷裂，一轉頭更與地獄內的惡鬼面對！

惑精和英娜這下也嚇得尖叫！忽然身體一輕，卻被一隻熟悉的手掌接到安全的地面上了。

「主人別怕，壺麗在這裡。」

居然是壺麗，還是偽娘的樣子，握著英娜的手還緊張的微熱：

「主人別怕！雖然這洞是直通地獄沒錯，但沒有那衰鳥用叫聲宣告。即使不小心跌進去，也會被推出來。」

驚魂未定、英娜一方面努力讓大腦重新運作。卻又不由自主的眼睛亂瞄……沒穿衣服的偽娘，還故意將二腿根夾的緊緊的，隱藏著重要的部位似的……等到總算能理解那段話，驚覺：

「啊！其實妳不來救我們也沒關係嗎？那麼……那一邊呢？」

回頭一望。

風清月明、萬籟寂靜，剛剛的人間地獄像是假的。

大首領還仰躺在地洞內。臉上尺許之處，懸浮著一隻單腳獨眼，大小如鴿子的紅鳥。也許壺麗恢復的速度太快，正邪都無法適應這變化。

於是惡魔大首領與死神小紅鳥、二方三目、大眼瞪小眼，各自訝異不知所措，畫面竟莫名的喜感。

總算意識到狀況。大首領奮力鼓動殘存的羽翼，捲起一陣旋風飛越過無力阻擋的小紅鳥飛上半空。

只剩不對稱的二隻翅膀、其他三隻受傷、一隻被扯斷了。大首領虛浮半空就立刻伸手猛拉，在虛空中竟然出現了無數發著微光的鎖鏈。但右手卻發出有如木條斷裂的聲音，隨即軟軟垂下，看來就像是用舊的抹布一樣。原來剛剛已被重拳所傷，現在勉強用力，骨頭竟寸寸碎斷！

只是大首領即使痛絕，也更使勁拉扯！

鎖鏈另一頭連著虛空，卻被拉破一個洞。更扯出了半透明的蟙蟷魂魄！鎖鏈就連著他脖子上的狗項圈！其他的鎖鏈更拉出一個個死去的赤蓮軍，連二癡到白癡都有！

大首領：「好險啊！要是連我都墜入地獄，或是時間再久一點，被地獄之火燒毀了，就無法拉你們出來了。」

蟙蟷：「啊！太感謝大首領救命了……啊……啊……」

話還沒說完，竟被鐵薔薇綁住。更可怕的是，尖刺竟還像是樹根汲水一般吸取蟙蟷魂魄！一時間所有被扯回來的魂魄都面臨了相同的命運，在鐵薔薇的抽取之下，瞞天哀號卻毫無反抗之力！

蟙蟷：「大首領……饒命啊！依契約……還要助我們建立大漢帝國阿！」

「你們要建國是你的事，吾只依照契約提供武力！」

與手下逐漸乾枯的靈魂相反，大首領扭曲的骨折漸漸扳回原狀，連斷翅也長出變形的短翼。

大首領：「你就依照契約為我所用吧！漢人說：『生為豪傑死為鬼雄。』果然沒錯啊！這些熱血男兒的靈魂，的確不同凡響。」

這西洋惡魔，竟以建國為餌，誘使赤蓮軍提供靈魂為代價。但最後，更連三魂七魄，也一滴不剩的搾乾！

隨著赤蓮軍眾哀號聲中被吸乾殆盡，大首領一對藍眼卻精光四射：

「魔法師卻找戰士打近戰，是吾太自大。」

忽地翅膀一振，人已閃電向後飛去！

赤影如風，紅羽異鳥也緊追在後。

但卻又立刻飛回，還拉著一個偽娘要他參戰。

壺麗：「不要啦！好噁心啊！」

英娜：「這、小紅……反正人也逃了……就這樣吧……」

這次連英娜都站在壺麗這邊，看過地獄之後，終於明白了何謂「生人勿近」！

另一邊卻是佬密氏發出驚呼！藤樹神就要撐不住了！

黎明之前

被融化的鐵薔薇毒液侵入，藤樹神枝幹根根斷絕，咒術更是逐漸侵蝕中心，主體也變得乾枯黑硬。

英娜見狀，二話不說使出之前救大衣的法術。

大語符紋：

（大 tuā）

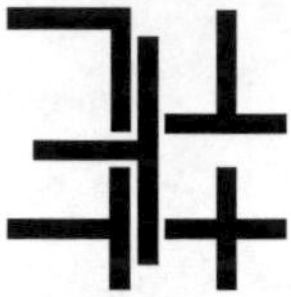
（難 lān）

（不 put）

（死 sí）

但這次符紋在藤蔓表皮一碰就粉碎，卻沒發揮預期效應。

「怎麼這樣？再來！」

凝聚精神，誠心誠意。英娜再度打出符紋，卻也再度無效。於是抬頭想求救，但見英家老爺與林碧山都搖了搖頭：

「是由高等魔物所下的詛咒，並非輕易可以解開。」

佬密氏於是要藤樹神保持意志，用功力延長性命。英娜則是忍不住哭了起來。

在眾人焦急的情緒中，藤樹神睜開雙眼：「時候到了……」

「不要！」

九歲的小女孩拒絕承認這結局，英娜急的流淚大喊：「不會這樣的！我看過了！大語符紋比那長翅膀的魔法強太多了！只要我這能拚出符紋、能用這文字！決不會輸給什麼命運！」

與激動的小女孩相比。藤樹神雙眼卻是異常的堅定，但力量卻已是露水般殘弱。

於是用盡最後的力量呼喚：「惑……精！」

惑精應聲浮現身影，但還未回話，藤樹神身上卻散出點點白光，接著陸續被惑精吸收，神情更像是木偶一般，平板的念道：

「請容……就此傳授符紋……母音……

九一、君（kun）……

八一、堅（kian）……」

這緩慢的傳授，絕對是藤樹神最後的遺言了。英娜雖然悲傷，卻也專心聆聽。

這大語符紋每一個子音或母音，都有一個對應的數字，而數字更對應符紋記號。

之前已由藤樹神教授十五個子音與八音規則。現在只要知道母音，再加上林碧山所傳授的彙音概念。英娜便極可能獨立完成這套法術。

但藤樹神聲音越來越低，最後倏然而止，卻只有三十個母音。

配合符紋，列表如下：

├├ （四四） 監（Kann）	┐┌ （九七） 皆（kai）	┌┴ （九二） 干（kan）	├┘ （四三） 江（kang）	┐┤ （九六） 沽（ko͘）	┐└ （九一） 君（kun）
┘├ （三四） 艍（jiō）	┬┌ （八七） 巾（kin）	┬┴ （八二） 光（Kng）	┘┘ （三三） 兼（kiam）	┬┤ （八六） 嬌（kiau）	┬└ （八一） 堅（kian）
┴├ （二四） 膠（ka）	┌┌ （七七） 姜（Khiong）	┌┴ （七二） 乖（kuai）	┴┘ （二三） 交（Ka）	┌┤ （七六） 稽（khoe）	┌└ （七一） 金（kim）
└├ （一四） 居（ku）	┤┌ （六七） 甘（kam）	┤┴ （六二） 經（king）	└┘ （一三） 迦（khia）	┤┤ （六六） 恭（kiong）	┤└ （六一） 規（kui）
┬┬ （八八） 丩（kiu）	┤├ （六四） 瓜（Kue）	┤┘ （六三） 觀（Kuann）	┐┬ （九八） 檜（kue）	┌├ （七四） 高（ko）	┌┘ （七三） 嘉（ka）

不一會，藤樹神不再散出光點。更一股釋然的神情，緩緩閉

上眼睛。這一次、再也不會張開了。其法相莊嚴，觀之有如木雕觀音般。

倁蜜氏忍不住大哭起來，英娜也忍不住悲傷：「藤樹神……對不起。依照漢人禮節，應該要尊稱你為老師或師父……」

於是……在後代凡間，人們開始將大語符紋稱作「十五音」而流傳於世。其中的母音因為版本不同，有四十多音或多達五十音。但由藤樹神所傳授的前三十音卻從未改變，這三十個音也被後世凡人稱為「字祖」！

但故事當時，英娜是不可能知道後續歷史的。

正當哀傷的氣氛正濃時，後方卻有石塊移動的聲響。

英家老爺大喊：「陳蓋！妳這妖女竟還死不去！」

聽到提場，英娜也不禁轉過頭去一探究竟，卻愕然呆在當場。

陳蓋、這被遺忘的赤蓮軍成員，此刻狼狽地從倒榻的石牆殘骸中爬出。雖是疲憊不堪，一身傷勢卻奇異的復原了，那股詭異的邪氣竟也消失無蹤。一抬頭認知狀況後滿臉驚恐，只得蜷縮一邊認輸投降了。

但讓英娜驚訝的是，陳蓋所在的位置！正是剛才與壺麗一同回應歿世之王的招喚，伸出血絲阻擋大首領的石堆！

正想開口詢問時，一股不可思議的力量張狂壓至！

不但來的突然，這力量更詭異讓眾人一時無法動彈。卻又不似達吉斯・都奈一般是用蠻力制伏行動。

而是像忽然發現被野獸或危險盯上時，人類下意識害怕的身體僵硬似的。

只有久經戰陣的英家老爺能反應：「是幻術的變形！激發恐懼本能來制服敵人的法術！」

下腹猛縮，激盪丹田內氣，一股熱流急竄四肢百駭，英家老爺立刻回復活動力！待要防禦敵人時，卻發現面對的是一雙眼睛！

真的，只有一雙眼睛漂浮在半空之中。大小可比成人，黑色眼珠四周竟還瀰漫火氣。來得急、去得快，一瞬間竟消失無蹤。這時眾人也回復了活動能力，卻發現連陳蓋也不見了。

雖只急短暫的接觸，但英家老爺直覺地認為：「是部落的戰士！雖然只看到眼睛，卻有著部落男人特有的『拗深瞪視』特點！」

「英家老爺果然名不虛傳，那的確是本族長老。」

咦？是誰在說話？

眾人回頭一看，竟是應該已化成一攤血水的知母六。正撫著骨折的手臂，緩緩地走來。

佬密氏：「你還活著？可是我們看到你死了呀！」

這知母六雖然負傷，卻是一臉和氣笑容地說道：「本人有幾招能在危急時脫身的法術，再加上族中長老救命，僥倖逃出生天。在這先感謝各位的關心了。」

說完卻向眾人微微躬身作禮，逕自說道：「這陳蓋喪盡天良，受害者遍及漢族與部落。族中長老決定親自出手制裁，請各位見諒。」

禮數周到，合情合理。但有種說不出的詭異，又難以辯駁。

身後卻又有動靜。在石塊間坐起，伸了一個懶腰的赫然是……！

郭光天：「（呵欠）睡得好舒服呀！咦？人呢？老夫錯過什麼事了嗎？」

原來這郭光天自一開戰就被符紋誤擊（英娜：哇！對不起！），但卻幸運到家。不但躺在地上沒被後來的火焰燒到（英娜：我錯了啦！），而且連被朱厭壓蹋的地窖頂都沒壓到他。還連帶著保護了被他壓在身後的大农。

英家老爺笑道：「錯過的事情多了。不過福大命大這句話，你絕對擔當的起。」

確實，真的是福大命大。對郭樽而言這場戰事結束了。

◆

而在遠處，陳蓋被救到一處樹林中。

一被拋在地上，陳蓋立時本能地翻身想看清對手。卻和英家老爺一樣，只看到浮在半空的巨大眼睛！不由得尖叫一聲，被嚇得腿軟癱倒。

這巨眼卻倏然消失！只見一個溫文儒雅的書生，正緩緩的戴上眼鏡。

陳蓋：「知母六？你怎麼在這？」

不但如此，陳蓋還發現知母六揹著一袋箭簇，手上拿著一把黑弓。黑弓卻忽然支解，更回復成……頭髮？

陳蓋：「知母六你竟然用髮辮作弓？那可怕的箭果然是你射的！咦？但那時你也在郭樽啊？到底是怎麼回事？」

也不回答，知母六手指輕搖，幾束頭髮忽然伸出！閃電般纏住陳蓋四肢，將她舉到半空中，還拉成了個「大」字型。

這下陳蓋也感到害怕了，戰戰兢兢地說道：「你……是來救我的對吧？」

「是否算救了妳，還要看妳合作的態度。」

雖然仍一貫的風度翩翩而且語調溫和，但說出來的話卻帶有一絲威脅的寒意。知母六此時與陳蓋面對，在鏡片之後的眼神更帶著一絲貪婪與殘忍：

「我有想要的東西，妳要去幫我拿到！不然……死亡可能是妳能得到的最好解脫！」

更不可思議的是在郭樽。另一個知母六，卻正和英娜道別。

知母六：「很抱歉在下必須先回去調理傷勢了。英娜小姐實在是美麗又勇敢，這更加深了本人要迎娶小姐，與之共度餘生的信念。」

若在平時，會有些情緒反彈。但現在藤樹神剛死，實在是沒有心情應付這傢伙。英娜：「現在不是時候說這些，請先回去吧。」

意識到自己有些操之過急，知母六於是再次彎腰鞠躬，才慢慢地退走。

英娜看著這霄裡部落領袖，總覺得有一點假惺惺的過度禮貌。但奇怪的是，不但不討厭，心裡還認為：「或許這就是所謂的『深不可測』吧！」

另一邊英家老爺正在對郭光天進行詳細的報告：

「很對不起的是大宅沒能保住，但人都已撤離。地窖下也沒受害者，應是趁機從地道逃離了。除了兵隊之外，估計沒有受害者。加禮被大癡打成重傷，但能復原沒有大礙。」

郭光天：「這算是不幸中的大幸。但最關鍵的是，老友你說那大首領可能是西洋的魔物？難道說這赤蓮軍背後有西方勢力在支持？」

英家老爺思量一會後才說：「以眼前的狀況來說，還很難判斷。但這魔物似乎可以與人訂下契約，然後收取人類魂魄。」

郭光天聽到這，不由得眉頭一皺：

「那和赤蓮軍簡直供需相合了。一邊提供熱血靈魂，另一邊則收取代價提供建國所需的力量。但是苁玉師太那邊，可能是另一股勢力？」

英家老爺：「看起來是的，而且她們的目標……」

說著卻語氣猶豫。未來可能有魔物對著英娜而來的疑慮，卻讓英家老爺擔心會拖累郭家的人，心中便想一走了之。

英家老爺：「雖然還不能確定詳情。但是，這一次事情也結束了，我想……」

郭光天：「如果你老在這時離開，囡就跑去官府吹噓囡當年的英勇事蹟。」

英家老爺聽的忽然心頭一熱！

其實這二位老人都曾在二十六年前的叛亂擔任要角，英家老爺更因此隱瞞真實姓名。而郭光天卻幸運地沒有曝光，也還能組織家庭並開創了事業。

已當時朝廷的態度，即使是去和官府自首。也決不會得到赦免，反而是讓郭家陷入絕境。

但郭光天實際的用意，等於是給老朋友一句生死與共的承諾。

就算是人生經歷非凡的英家老爺，也覺得一陣酸熱在鼻尖流竄。想低頭掩飾時，卻剛好有人打擾。

壺麗：「哎呀！各位請先用茶去去清晨寒氣，等下就能準備好早餐。」

啊？打了一夜，原來已接近天亮了。

大家轉頭一看。

才發現壺麗已經從廢墟中找到衣服穿上，又是一副阿泰雅小公主裝扮。翻出了沒有破掉的碗盤瓦罐，將中間清出了場地，還用碎石推了簡單的火窯。甚至已燒好水，泡了茶。更找了一堆食材準備煮早餐了。

郭光天不禁哈哈大笑：

「結果我們郭樽最強的，就是這壺麗了。不管打架誰厲害，總要吃飯吧？老友啊！囡有家人事業，英娜也是妳的孫女啊。有什麼事兄弟一起努力，總是比一個人強啊！老友、有福同享！」

說完郭光天卻伸出了拳頭放在英家老爺面前，這是二人年輕時在戰地的玩樂。英家老爺一臉苦笑卻心中感動：

「有難同當！我會盡全力不讓你失望，也不會讓郭樽陷入危險的。」

也伸出拳頭輕擊了一下！患難兄弟，未來禍福就此共同扛起。

忽然，絕對高音的尖叫刺激眾人的神經！

英家老爺急忙拔出武器，並衝上前準備作戰！卻發現……

壺麗發抖畏縮，哭著大叫：「老鼠！在土推那有老鼠！還正在生小老鼠！」

……看來這郭樽最強戰力，實在不怎麼可靠。

好不容易收拾了老鼠，還安撫了偽娘的情緒。英娜忽然想到一個問題：

「對了，壺麗妳昨天晚上不是在替那個楊大人『送消夜』嗎？結果怎麼會落到敵人手裡去了？」

這的確是吸引人的問題。一時間不只人類，連一旁的小紅鳥都探頭過來想知道原委。

壺麗：「呼……讓我喘口氣……呼！說起來，天就黑一半了，希望昨晚我下手沒有太重。」

聽的英娜臉也黑了一半！這壺麗的怪力可是連武林高手也承受不起，何況是那個楊二酉呢？

林碧山卻先開罵：「官場爛貨！斯文敗類！身為監察御史，敢要民間女子（？）招待就已構成重罪。要是被壺麗姑娘打死，那叫做為、民、除、害！沒問題，老夫扛起來就是！」

壺麗：「其實也沒怎樣啦，只是昨晚我送了精心製作的宵夜過去。楊大人卻是一口也沒嚐，還立刻將房門關起來就脫下了褲子。」

真的脫了褲子？英娜現在覺得這大人要是被一巴掌打成肉餅，那就是所謂「咎由自取」的寫照了。

壺麗：「然後這楊大人就拿出一根藤條，要我用全力打他屁股！我又不敢真的用全力，只好小力的不斷揮動藤條。結果那楊大人不滿意，又抽出一條短皮鞭，要我用皮鞭打他屁股。」

眾人：「………」

壺麗：「而且很奇怪，皮鞭打下去力量較大，這楊大人卻似乎很高興？但後來還是不滿意，居然抽出了一根長長的紅木棍。他說這紅木棍就叫做『水火杖』，是在公堂上打犯人用的。要我用力打他。」

眾人：「………………」

壺麗：「只是這水火杖果然厲害！打了兩下，這楊大人居然昏過去了！還失禁小便！當時慌慌張張就想去找藥，一開門就撞到那個女妖怪！結果你們就知道了。真可惜！精心製作的宵夜最後都沒有人吃！」

宵夜不是重點吧！英娜一瞥眼，發現所有人都和她一樣嘴張得大大的。

不只人類、還有小紅！這絕對是難得一見，鳥類下巴張的太人，最後脫臼的畫面。

好巧不巧，這時瓦礫堆中傳來呼救聲。居然正是那監察御史楊二酉，正努力地從斷垣殘壁間爬出來……還沒穿褲子！

林碧山豁然站起！也許是映襯著日出前的魚肚白天空，這老人臉色更是佈滿黑色的怒氣似的：「這是人性的黑暗面，英娜小姐不應知道。還請忘記吧！」

嗯嗯……英娜心想：「我也不想知道啊！但是要怎麼忘記啊？」

但見林碧山走到楊二酉之前。當作踩蟑螂一樣，一腳重重踏下，更狠狠扭轉腳跟！

終於，天亮了。

決戰之後

大戰後的郭樽大宅。

昨晚地窖裡的其他墾戶，果然是趁上方大戰正酣時，從其他的地道裡逃走了。到了早上，陸陸續續有人回頭來探查情況。

郭光天：「幸好你們大家都沒事，快叫其他人回來吧。這群赤蓮軍被打跑了，短時間內無法再起了。什麼？很抱歉丟下我們逃走？大家都平安就好了啊，那種小事老夫怎會在意啊。」

確實、大戰之後也該回復平靜了。連白參將等人也沒事，趕緊扶著半死不活的御史大人上轎就先溜跑了。

小紅鳥更是一早就離開，說是去追查惡魔下落。

佬密氏也說要先走一步，將藤樹神的遺像放回嶺頂上

佬密氏：「我們不是人類，喪禮沒有意義。我想將樹神留在教授妳符紋的嶺頂，那裡也對藤樹神有很大的意義。」

出乎意料，惑精竟也現身：「小姐，母親以前也說過，未來在嶺頂，還有一個重要的命運會在那發生。即使母親已無緣恭逢其會，但還請將遺像留在那裡。讓母親能在冥冥中保佑命運之人。」

英娜於是也就不再有意見，只默默地在藤樹神遺像前行跪禮並祝禱。

佬密氏：「接下來，也祝福英娜小姐和加禮的進展順利吧。」

又是，英娜真的要抗議了：「藤樹神師傅才去世，佬密氏妳看清楚時機好嗎？」

佬密氏舒了一口氣：「剛剛哭也哭過了。對於我們這樣的自然神靈而言，就這樣回歸自然了。我想藤樹神也會希望英娜小姐有個好姻緣喵。啊！如果有其他男人在備選名單上，就先試試看喵！你們漢人也知

道，哪是此地平番傳統喵。」

越來越離譜，英娜發怒回道：「漢人沒有先通後娶啦！」

佬密氏哈哈大笑，英娜更是不由得滿臉通紅。但奇異的，藤樹神去世的傷感也減低不少。

一轉頭看到萊崁部落的甲頭——夏胡立已來迎接自己。佬密氏於是抱著藤樹神的遺像，輕巧一翻身跳上了夏胡立的肩頭。一面搖手一面笑道：「英娜小姐！所謂的甲頭……」

說著一邊用手拍著夏胡立的光頭，一面笑道：「所謂的甲頭，就是統領十個男人為我服務的喵。英娜小姐加油啊！」

說完招搖而去，留下一臉更加通紅的英娜。

旁邊其他婜戶聽到，奇怪的議論紛紛。

婜戶甲：「那個白髮幼女是萊崁部落的土目嗎？她剛剛說什麼十個男人？」

婜戶乙：「她是在說這裡平番部落的『通土甲』制度啦，部落和官府的聯繫是靠『通事、土目、甲頭』三者為窗口。通事可能是部落也可能是漢人，負責官府和部落間的通告傳譯。土目是部落的領袖，決策部落的事務。甲頭則是統領十人的執行者，執行土目的命令。」

其他人：「哇！真的很複雜！」

在一旁的壺麗忍不住咕噥：「根本是個千年貓妖，用法力魅惑了部落作女王嘛。還那麼囂張！」

而英娜，還在努力驅除腦中亂想的畫面：「怎麼和九歲的女孩說這個啦！」

就這樣，藤樹神的遺像被安置在原來龜崙部落的山嶺之頂。

◆

一年後（乾隆七年，一七四二），一位叫鄧定國的男子發願弘揚佛法，出家後得僧名「順寂法師」，並由南海普陀山潮音寺，恭請一尊觀音像後渡海來到這海島。在龜崙嶺頂的樹下卻得遇觀音託夢，於是在此安奉神像。

而在乾隆五十九年（一七九四），來自蒙古的福建水師提督「哈當啊」率軍來到這海島平亂。途經此地時卻忽然感到神靈呼喚，並給予加持庇護。隔年戰勝歸來，便在這裡籌備建廟以感謝神祐。

嘉慶二年（一七九七）完工後，正式命名為「壽山巖」。堪稱當地第一古廟。

但……這就是藤樹神所說的命運嗎？

◆

一夜激戰之後，手臂骨折的知母六竟撇開了從人，來到一處樹林。

但不久，竟是另一個知母六出現在身後？過不多時，又是一個知母六出現在右側？另一個又從後方過來？

「你們都過來！」（凱達格蘭語）

這聲音卻是從樹上傳來。抬頭一看，竟又是一個知母六站在樹梢之上。

但這一個知母六卻明顯不同。

霸氣外漏，飛揚灑脫。在厚重的鏡片之內，眼神充滿自信與幹練。一種梟雄的風采展露無遺。

但見這知母六伸出右手，一邊扳下手指一邊用古老的凱達格蘭語說道：

「一、二、四、五」（凱達格蘭語）

似乎是在算數，卻跳過了一個數字。更奇的是，每數一個數字，下方便有一人依序跪下。

站在樹梢上的知母六，語氣也越見嚴厲：「有榮幸作本人的替身，你們一定要記住。如果要你們去死，就必須滿懷感恩的犧牲。但是要是像『三』那樣被敵人打死……」（凱達格蘭語）

這知母六咬牙曲唇，一臉厭煩的繼續說道：「結果不但增加了收拾戰場的麻煩，更讓本人在心愛的女子面前大大丟臉。下次如果再進行這樣愚蠢的行動，本人會在你們找死前就拉人回來，然後讓你知道比死還可怕是怎麼回事！明白嗎？」（凱達格蘭語）

原來，在地上跪著的，都是知母六的替身。

這謎一般的霄裡首領，在宣達命令之後便揮手要部下離去。一轉身又回復那溫文儒雅、恭謙有禮的書生風範。

輕輕一縱，跳到旁邊更隱密的茂密樹幹上，一個女人被吊在那裡。居然是陳蓋！而且衣服都已被剝去，赤裸裸的被吊在樹叢間！

知母六：「現在，我們好好的討論一下剛剛的提議吧。」

但陳蓋卻連嘴都被綁著無法說話，眼睛更露出驚恐的神色。她現在……終於知道這男人有多可怕了！

自此之後，又過了幾天。

原本撤到北方的郭樽家人也回來了，收拾心情之後，開始整理家園。

另一個驚人的真相卻由竹塹傳回來。

郭光天：「由王世傑老師那反覆查證消息之後，你猜怎的？那苁玉師太，確定在去年已經圓寂往生了。」

英家老爺：「這也不稀奇阿。江湖紛爭中，假死的例子多的是。那王老師不也是嗎？」

郭光天：「但這完全不同！苁玉師太在去年秋天圓寂，隨即便火化了，甚至獲化後的舍利子也恭奉在峨眉。但二個月前，那供俸的大殿卻陷成深不見底的地洞。連四位女徒也不知所蹤。」

聽到這，英家老爺也不禁背脊發寒：「那最可能的推斷是……有高等的妖魔將苁玉師太從地獄給喚了回來，但卻是為了什麼？」

「目標是找英娜」這想法卻立刻劃過腦海，也讓二位老人心頭狂跳。

但郭光天卻先重重用鼻子「哼」了一聲才說：

「那這群妖妮和赤蓮軍不同道了，最好二邊鬼打鬼。不過就算是這大首領，也根本不是壺麗和小紅的對手。只可惜當天沒將他送到地獄去，不然歷史說不定就就不同了。」

英家老爺：「是阿，說不定歷史就改寫了。」

在事後，不只是這二位老人。所有的人都對當時沒有除惡務盡，感到萬分的可惜。

而主角的偽娘呢？

◆

壺麗：「來！各位羅漢腳大哥。一、二、三！」

一聲鼓勵，十幾位工人同心協力。「咚的」一聲，將一面毀壞的坍牆給推倒了。

壺麗拍手笑到：「哇！各位大哥哥好棒呀！」

推倒危牆，清理碎瓦。這郭樽的大宅，需要大規模的重建了。而一個溫柔、清脆又有朝氣的聲音。更是像天籟一樣鼓舞這群男人（癡漢？）的熱情活力。

壺麗：「各位大哥哥辛苦了！這裡有茶水和點心，給大家補充一下體力。」

隨著一陣歡呼，男人們工作的疲憊都不翼而飛了。對於這群遠離家人與故鄉，來到異地打拼的羅漢腳而言。壺麗那甜美的聲音與笑容，竟成了生活中最重要的精神支柱。

郭光天於是一再提醒英娜：「這些男人只能單身來到這海島做工人，所以才被稱為『羅漢腳』。心中苦悶，難免需要一些安慰。所以絕不能洩漏壺麗『偽娘』的身分。不然……」

英娜也只有每次都回答：「不然怕這群大哥哥受不了會暴動，知道了啦。」

最近只要想到這裡，英娜就有點情緒反彈。怎麼會輸給一個偽娘呢？而罪魁禍首，正高高興興的拿著一個籃子跑過來。

順道一提，因為房間損毀了。壺麗於是在樹蔭下設置了自製的躺椅，躺椅一邊的扶手延伸出小桌面，讓英娜可以半躺著書寫並整理符紋。

能自製家具，這壺麗手真的很巧。

接過壺麗用冷水浸的冰涼的毛巾，英娜一面擦臉一面問道：「壺麗、為什麼妳那樣受歡迎？」

壺麗：「我也不知道耶？可能是因為笑容吧？主人請用茶和點心。」

一面享用茶點，英娜還是納悶：「怎麼妳的笑臉這麼好看？我總覺得他們都躲著我？」

壺麗：「那是主人太多心了。啊！對了！主人要的新肚兜已經織好了……嗚，嗚……」

重重捏住偽娘臉頰，英娜怒道：「這種事要私底下說！聽到沒有？（輕聲）」

壺麗：「嗚……齁掉（知道）、齁掉（知道）……」

在附近的工作的羅漢腳農工們看到這一幕，便開始發揮了有歷史以來，苦力勞工的必備技能。在私底下損貶上司的想像力。

羅漢腳甲：「那個英家的大小姐似乎很兇啊！動不動就虐待壺麗小姐。」

羅漢腳乙：「茶來伸手的大小姐，高傲而且嬌柔造作。合再一起就是『傲嬌』的大小姐。」

羅漢腳丙大拇指一豎：「有創意！未來就這樣形容這種大小姐！」

時間是乾隆六年，西元一七四一年，也算是開創歷史的一刻吧？

不過……好像不是很正確的發展呢……

就在這時，弟弟英宗傑卻跑了過來。說是林碧山要英娜過去。

郭家大宅損毀嚴重，因此在一旁搭起臨時小屋讓林碧山、加禮等人養傷。當英娜趕到時，卻發現晉安也回來了，正在幫助林碧山收拾行李。

林碧山：「千萬不捨，終須一別。英娜小姐、老夫今天就回京與皇上報告。不然……可能會來不及了。」

英娜心中不由得一痛！林碧山在決戰前吞下會減損壽命，來換取功力回復的藥物。但之後的副作用卻無法遏制！眼前的林碧山頭頂半禿，牙齒也掉了一半，已全無仙風道骨的風采，而完全是行將就木的憔悴模樣了。

英娜：「請師傅等一下，我去叫阿公和郭伯公。師傅要走，也要好好送行……」

「不必了！」

倏然站起，這秩休老翰林的臉色異常嚴肅。

林碧山：「為了民族與大義，老夫還有最後一件事必須完成！」

說完，一股寒勁由英娜腳下直竄上來！霎時讓她無法說話、無法動彈、更一時間無法思考！

真相之二

英娜行動竟然被林碧山的力量所箝制？情況一下子詭異至極。

但見這身懷異術，武功超群的青八旗首領。走到英娜面前，稍微抖了抖衣衫。

便直接跪下，並重重磕頭！

連嗑了九個響頭，那是漢族拜師的禮節。

直到這時英娜才回復了自主感覺，更訝異的驚呼：「這是怎麼回事？師傅……」

「老夫沒有那個資格。」

林碧山似乎對自己的反常動作很滿意，用如釋重負的神情說到：

「老夫數日來心神不寧。反覆思考後，才想到原來是涉入天道命運之中。英娜小姐是不可多得的聰明學生，可惜老夫命格不夠。硬是擔任小姐的師傅，可能會沒命回去向皇上覆命了。」

雖然看不見，但也感覺到英娜的慌亂。

林碧山於是安慰道：「請不要徬徨與迷惘啊！英娜小姐。妳是背負未來命運的魔法美少女。」

什麼魔法美少女？又是這種說法！從藤樹神、犾玉師太到大首領，英娜一直聽到這說法。卻完全搞不清楚是怎麼回事。

英娜：「師傅，你知道那個什麼命運是怎麼回事嗎？」

「嚴格說，現在老夫已非英娜小姐師傅了。」

林碧山罕見地露出笑容：「而且有關這命運的說法，老夫也只有推測而已。但如果承認神、魔們的說法，也就是這符紋將傳承到未來歷史的盡頭的話。」

說到這，不只英娜緊張地等待答案，林碧山也需要深深吸一口氣才能高喊：

「那就代表了，古漢學的一部分也終於傳承到了世界的末日了！這要老夫如何不感動啊！」

這種說明實在是聽不懂啊！但英娜還是壓抑了滿心疑問，先等眼前的老學士心情平靜下來。

但見大學士臉上卻充斥一股欣慰的笑，最後盲目竟還泛出淚光。不由仰面朝天，緩緩說道：

「英娜小姐之前問到，是否朝代更換，語言文字就改變了？很遺憾必須照實回答妳。至少在中原的歷史文化來說，的確會發生！元代的天下通語，不到百年就改變了漢族語音。本朝在南方遍設的正音館，不但是希望用北京的語音，消除漢語原有音律，更深一層的用意，則是希望用權力掌握文化與信仰的發展。」

英娜：「……」

林碧山：「其實不只文字，連信仰也是。康熙先帝冊封武聖關公取代岳飛，就是一例。在中原的帝權傳統之下，文化的發展並非自由，充滿了政治的壓榨。」

說到這卻突發奇想，笑著說道：「說不定後代皇帝還會動腦筋，讓關老爺去取代漢人的玉皇大帝呢！」

好不容易氣氛輕鬆一點，英娜也陪笑著說道：「對呀……說不定還會出現想偷一些筆畫，就下令把文字簡化的人吧！」

說罷二人哈哈大笑，幻想未來也是一種趣味，稍稍撫慰了現實的殘酷壓力。

時間是乾隆六年，西元一七四一年，後來的歷史發展，只比幻想更離奇。

但林碧山卻似乎可以預見，遂稍微正色後說道：「雖然我們如此開玩笑，但到時只怕會用充滿血腥的暴力來推動政策。然後將其他文化都貶為次等，宣稱自己才是正統，並滲入種族和歧視的毒素在內吧。」

這句話讓英娜心中一震，那個海島部落的語言以及信仰都會滅亡的預言，又壟罩心頭。

林碧山更是以無比嚴肅的神情說道：

「說到底沒有任何文明能保證永遠的發展啊……但是這世界的確存在著命運，也存在向世人揭露命運線索的、預言！雖然以目前的隻字片語，還不足以推斷出未來的全貌。但預言明確指出歷史將會在這海島，流傳到最後一刻！於是身負傳承重任的英娜小姐……」

林碧山說到這，先挺直腰背再調整呼吸，以鏗鏘有力的語調，來配合自己的心境：

「英娜小姐所擔負的命運，正是傳承這部用漢族古韻為基礎的符紋，也就是說，英娜小姐其實擔負將漢族文明的一部分，傳承到歷史終點的使命！在此請容老夫為漢人的傳承，再次向英娜小姐致上敬意。」

話說完又是一股寒勁讓英娜無法動彈。幸好這次林碧山只是躬身行禮而已，但還是讓英娜覺得渾身的不自在。一回復自由，問題便立刻霹靂啪啦地湧出：

英娜：「師傅……」

林碧山：「不是師父了，叫伯公吧。」

英娜：「是！伯公……可是，那個全身纏繞著蛇的歿世之王是怎麼回事？為什麼我能使用這符紋法力？還有壺麗和那個什麼魔力之源是什麼關係……為什麼歿世之王說他是契約的守護？」

林碧山：「對不起，就如之前所說的。老夫沒有答案。」

這句話讓氣氛一時沉默，更讓英娜的腦筋不由自主地亂想，卻又找不出頭緒，感覺都想哭了。

林碧山：「英娜小姐請別慌張。這命運看似強加責任，卻也送給小姐無人能及的法力，更附加了深刻的友誼，並非要單方面承受付出。人人都害怕的命運之神，其實對小姐是眷顧有加。老夫相信必有非凡的未來，在等待妳去開拓。現在，請恕老夫無緣追隨了。」

聽到這句深刻的友宜，英娜立時想到壺麗，心情竟奇異的平靜了下來。待聽到最後一句話，急的叫道：「師……不，伯父真的要回去嗎？英娜的彙音才開始進行。」

林碧山：「這部符紋可以實際上替代文字，彙音的工作是找到相應的字。雖然耗時費力卻不很複雜，英娜妳需要耐心慢慢完成，卻不需要老夫的指導。」

說完卻逕自轉身往屋外走去，那助手晉安也跟隨在後，還拿出一只半個巴掌大的麒麟小土偶放在地上。但見林碧山斥喝一聲，源源不絕的向麒麟土偶灌入功力。不一會這土偶居然慢慢脹大，最後長成一隻與人同高的土麒麟，更奇異的如活物一樣，只是動作顯得生硬，而且似乎塵土由鱗片上不停剝落。這時晉安遞給英娜幾張紙。

「這些是老夫利用關係，讓郭樽享有一些生意與稅務上優惠的公文。但為了安全保險起見，會和朝廷隱瞞小姐的事。」

林碧山在施法後更顯的衰老：「這大地麒麟法術雖然會消耗極大的法力，卻是唯一讓老夫來得及的方法。英娜小姐，就此別過了。」

英娜知道所謂「來的及」的意思，就是還能活著回去，聽的眼眶不由得濕熱，但心中卻忽然想到：「要堅強！被發現再偷哭，會讓師傅擔心。」

於是深深吸了一口氣，忍住眼淚。一抬頭才發現林碧山也面對著自己，泛白的盲眼中竟流露出一絲肯定的讚賞。

這青八旗的首領於是用力踏地，一股勁力由地面反彈，將自己與晉安一起推上了大地麒麟背上。吆喝一聲！這泥土異獸竟跳上半空，踏空步虛飛去！

飛速奇快，瞬間巨獸只剩一個小點。一個蒼老的聲音卻在半空迴響：「在最後能遇到英娜小姐，是老夫的榮耀！後會無期、切莫悲傷！」

說莫悲傷，英娜的眼淚還是落了下來。

◆

在得知林碧山離去的消息後，英家老爺點了點頭。畢竟各有各的難處，分離是必然的選擇。

然而在仔細檢查林碧山留下的公文後，郭光天興奮的大喊：

「這裡有未來三年的稅務減免，往天津和廣州的貨物通關擔保和關稅減免，甚至府城與淡水廳的關照！這一張是……這一張竟是由京城中央發出的『生番地物礦產探查採買委任』！天啊！」

相對老友高興的樣子，英家老爺卻是一頭霧水：「前面是減稅和通關的方便，但最後一張是什麼東東？」

「是用金錢賄絡也買不到的好東西！」

郭光天難得興奮得滿臉通紅：

「因為當年（康熙二十三年）所頒布的禁山令，至今郊商與山地部落交易都是私下進行，也都要先賄絡官員。但這卻是京城發出的委任狀，委託探查與採購山產與礦物。天高皇帝遠，此地官員既不敢查也不敢擋。郭樽就成了合法的委辦，可以正正當當地打開山地物產的輸出市場。本人的願景，可說完成了一半啊！」

郭光天想藉輸山地物產致富的夢想，現在只差說服阿泰雅部落交易，但這點也不容易。

英家老爺：「別忘記人家可不想『沒他巴計』。」（音mtbaziy，阿泰雅語，一種以物易物的交易。）

大人們努力事業，小女孩也有不小的心事。

最後林碧山也沒有推論出所有的真相，讓英娜滿腹的疑問。心中不禁暗自煩悶：「如果有人能解答就好了。」

又過了幾日。就在晚餐不久後。

英娜和壺麗在回到房間的路上。卻遇到了一位……精靈？

也難怪英娜會這樣想了。

眼前這位女子看來阿約二十來歲、黑髮成束且柔順，一對黑色的瞳仁卻在夜色中反映出月光與燭火的虛影。而身上的長袍竟是用白色細小的珠貝串聯，與紅色埋部編織城鄉間的條文。在夜中看來似乎朧罩著些微的螢光。照映過於白皙的肌膚，更印襯著臉上的刺青！

複雜而且連續不斷的圖紋，由嘴唇二側斜上掠過臉頰，與額頭的一小撮圖案互相呼應。

這種特殊的紋面，也是阿泰雅被俗稱黥面番的由來。

但這女子的紋面不但微微地散發著青綠的微光，在圖騰中更似乎有著微弱的藍色火苗在燃燒，但仔細看又看不清楚。

英娜忍不住問道：「姐姐妳是阿泰雅的精靈嗎？這衣服好漂亮啊。」

任何文化的女人，都喜歡別人稱讚她的衣服漂亮更甚於稱讚面貌，這實在是世界最奇怪的謎團。這神祕的女子聽到這讚賞，也高興地露出微笑。兩頰上的刺青竟因此而透露出些微的紅色，看來既豔麗又不可思議。

一旁的壺麗卻嘟起了嘴：「主人，這個『雅愾、卡呢里歐』（音yaki’ kneril）就是角板山的大巫醫啦……嗚！主人……」

話說到一半，英娜卻閃電出手捏住壺麗臉頰。一邊重重地向右轉一面說到：「對不起！這壺麗總是口無遮攔！」

大巫醫卻也出手捏住另一邊的臉頰，手腕用力向左轉，還用標準的漢語說道：「哎呀、英娜小姐果然聰明伶俐，連阿泰雅語都通曉。」

英娜：「我不懂啦。只是這壺麗每次有這種態度，絕沒有好事。請容英娜先向大巫醫道歉！」

大巫醫：「真是聰明的姑娘，請叫我哈邁古就好。」

壺麗：「虎動啊！裡困存母播囉！（好痛啊！臉快成抹布了！）」

英娜、哈邁古：「活該！」

在英娜腰間其實還帶著惑精，此時心中不禁暗想：

「這『雅愾・卡呢里歐』其實是阿泰雅語的『老太婆』之意。這壺麗出口，就傷到女人最不可討論的死穴！真的是活該。」

但這哈邁古卻帶著微笑審視著英娜，好一會後笑道：「身為歿世之王的先祖，果然不同凡響。本巫師受藤樹神的委託，萬一有意外發生，就由在下告訴英娜小姐事實與傳說的真相。能找個地方，和英娜小姐私下談談嗎？」

真相之二

聽聞阿泰雅族的大巫醫哈邁古竟是受藤樹神的遺命而來。

英娜於是將她帶到郭樽後方。這裡雖然屋頂損毀，四周牆面卻勘完整，而且地點較為偏僻。正準備開口詢問，哈邁古卻先提唇做哨。夜空中傳來「唧、唧、唧」的叫聲回應，一隻小鳥飛來停在英娜的肩上。

仔細一看，這隻鳥比半個巴掌還小。全身是稍微偏白的褐色，但一對黑眼珠周圍圍繞著白色的眼圈。

英娜：「大目框仔！阿、這是我們鄉下人這樣叫，比較正式的名字叫繡眼畫眉。」

哈邁古笑道：「這朋友的阿泰雅名字叫作『希諒可』（siliq），可是我施法占卜的好助手。別看牠這麼小，力量可是很大的呦。」

說完卻由貝珠衣上面取出一枚貝殼，希諒可立時抓住其中一枚。飛到半空定位後放開，這片貝殼竟然停在半空閃閃發光？接著哈邁古連續丟出十幾枚貝殼，希諒可也來回接住放到半空中，最後竟環繞著屋子一圈。

完成後哈邁古嬌斥一聲！每一片貝殼立刻向著最接近的貝殼射出絲線，互相連結之下形成一張發光的大網圍住屋子。不一會，這光網的的隙縫竟也罩上了一層濃厚的霧氣。完全看不到外面！

哈邁古：「這是本人的法術。雖然英娜小姐的事蹟已傳遍海島，但知道真正詳情的還算少數。雖然這命運的力量，也會限制凡人發現真相的能力，但還是請英娜小節不要張揚最好。」

說完拿出一個純黑的蜆貝：「這東西原本應該是壺麗的，就還給你吧。」

喀、的一聲，哈邁古捏碎蜆貝，霎時柔和的光芒洋溢四周。在那蜆貝中，竟是英娜也見過的。

英娜：「魔力之源！」

哈邁古：「這就是『奚落拿拿・歐都斯・落・喜惡辣』（音s nonan na utux ru squliq）。達利・都奈，你知道這名詞在漢族的稱呼吧？」

壺麗：「叫我壺麗啦，你這老……（英娜的手指放在臉頰旁預備）！漢人說那叫做『人神契約』！可是、可是……」

一臉不解的壺麗奇道：「那不是神靈和阿泰雅所訂下的規則嗎？」

契約？規則？

英娜實在聽得一頭霧水，幸好哈邁古娓娓道來：

「阿泰雅的神話！太古時期，人和神（音utux，以下簡稱神）一起生活在靈界。當時人們不用付出勞力，就能得到生活所需的物資。但因為人類的貪婪破壞了靈界的規律，神明於是將人類趕出靈界放逐到世間。但是神明也和人類達成契約，要人類在世間遇到任何問題時，可和神靈求救。更派了占卜鳥、希諒可來協助預言禍福。這契約就是『人神契約』！不過……」

哈邁古卻用無比認真的表情說道：「這份契約卻有不為人知，被禁止流傳的祕密。當時神明讓希諒可帶來了十三顆神珠，並預言在遙遠的未來，這世上的人類將會造出可以燒死自己的火球，最後更引發了戰爭，幾乎毀滅了自己。但是神明卻告訴阿泰雅族，這海島將倖存，而且一位最強的勇士將成為最後的莫哈（音mrho）也就是首領！用你們漢人的話，說是最後的王國也可以。」

英娜：「歿世之王！」

說的自己也抽了一口冷氣，這和由大首領那邊聽到的隻字片語不謀而合。而那個在薄霧中現身的人，也自稱將軍，就意義上而言也算是勇士。

只見哈邁古點頭繼續說道：

「這位勇士，是人類續存的最後關鍵。神明於是和阿泰雅約定，每一代都要保護其血脈。知曉的巫師將這十三顆神珠，也稱做『人神契約』。這血脈現在的存續！就是妳、英娜小姐！」

「等！等等！」

聽到這裡英娜好不容易反應：「為什麼是我？你們搞錯了吧！應該是要找我弟弟宗傑阿，他才是男的耶。」

哈邁古：「就因為是男的，所以才確定就是要找妳。」

英娜：「咦？」

哈邁古：「因為這個王的真正血脈，是在每一代的女子之間傳承，而不是兒子。」

英娜聽得一頭霧水，哈邁古於是平伸手掌，那人神契約霎時開始有頻率的爆出亮光與聲響。

「像是心跳一樣！」

英娜這樣想時，心跳忽然一悸，那人神契約的閃光竟也同時增強呼應。發現這事實的小女孩不由心跳加速，而不但人神契約也同步呼應，還有一位偽娘。

壺麗：「主人！主人！冷靜點好嗎？胸口會痛！」

哈邁古看得不禁哈哈一笑：「還真是要佩服這達利・都奈。雖然之前都沒告訴他，還是能自己找到主人。」

在英娜驚異的眼神逼問下，哈邁古正色說道：「在過去的傳說中，每一次有邪惡的妖魔要對這血脈不利時，或是這海島會出現邪惡的魔王時。必有勇士呼應契約的招喚而挺身奮戰！而且在每一代，都有阿泰雅的勇士參與。」

說完將那顆明珠交到英娜手上。看著小女孩深呼吸試圖冷靜控制自己，而人神契約的悸動也漸受控制。不由得讚賞：

「當這顆人神契約在河邊閃耀著光芒，那時我們就知道又是要與邪惡戰鬥的時刻。只是沒想到竟是要招喚這傢伙。不論是血脈的女主，或是守護的勇士。都受到一定程度命運的保護，很難找到行蹤。唯一的方法，是勇士會呼應契約的呼喚。此外，希諒可能夠指出大概的方位。」

聽到守護的勇士會呼應契約的說法，英娜心中幾乎立刻想起陳耋！

卻見哈邁古對著自己深深一躬：「總之，既然這一代的血脈主人已經現身。本人即代表阿泰雅一族，發誓追隨小姐。」

「等等！等等！」

英娜這下子有些慌了：「別搞錯！我可不想建立什麼王國！」

哈邁古：「我知道。」

英娜：「咦？」

哈邁古：「也許這就是神明，要這血脈由女人傳承的用意。男人都會炫耀武勇，或是希望擴大地盤。但女人則以溫柔的力量，養育著生命。在過去每一代的女主，不論是否能運用法力。都會留下一位女孩延續血脈。即使有兄弟姐妹，也只有一人能和契約呼應。」

聽到這英娜卻想到一件要緊事情：「那個赤蓮軍的大首領！他搶走了一個人神契約，而且還吞下去了！」

哈邁古：「完全沒有問題，這十三神珠可是神明所賜！不但無法毀去，而且在命運到時，就會招喚命定之人，出現在必要的地方。那是天理的運行，自然的規律。絕不是任何妖魔能夠干擾。這大首領如此亂來，大概會拉肚子拉到死！」

想到這個有六隻翅膀的魔物，跑茅廁拉肚子的模樣，三人不由得笑了出來。

看說明得差不多了，哈邁古一招手。浮在半空的貝殼於是逐個收起亮光，更飛回貝珠衣上。結界逐漸瓦解，卻見英家老爺在外面一臉擔憂。

原來還是驚動了這高手護院。但隨著魔力波動尋來，卻無法打破這結界，只好在一旁監視。此時結界揭開一半，看到這紅白相間、鑲滿貝殼的長袍，驚呼一聲：「斌曦魃緞！」（音pinsbtwan）

哈邁古：「久聞英家老爺大名，這的確是被你們漢人稱為貝珠衣的斌曦魃緞。在下角板山、阿泰雅大巫醫、哈邁古。請恕本人不請自來……」

客套話沒說完，發光結界已然全收。英家老爺與哈邁古一照面，二人竟同時呆了。英家老爺更帶著一臉豁然：「原來是妳……」

擔心有誤會，英娜急忙打圓場：「阿公、這大巫醫是受藤樹神的委託來的。不是壞人啦。」

在一旁的壺麗卻嘟著嘴，小聲的咕噥著：「這老太婆其實很兇……嗚！嗚！主人……」

一面捏住偽娘的臉頰，英娜把人抓到一旁：「就說不要不禮貌了！怎麼這樣不聽話！」（小聲）

壺麗：「可是……主人、她真的很老……嗚！」

看到英娜急忙加重手勁阻止，哈邁古當場笑彎了腰：

「這傢伙從小時候就是頑皮，而且對長輩一點敬意都沒有。現在有人管教，實在太好了。英娜小姐請轉告郭樽的主人，本人已傳話各部落。自此開始，凡是郭樽的人入山。就是黑夜部落與哈邁古的客人！雖然不能強迫各部落與你們做交易，但從角板山到尖石岩、絕沒有阿泰雅部落敢攔截或出草。那麼本人這就告辭了，能與英娜小姐見面，實在是本人莫大的榮幸。」

聽到哈邁古要走，英娜本來想端正儀容依禮數道別。沒想到手上力量稍一放鬆，壺麗竟趕快要討回公道：「嗚！嗚……主人妳不知道，這老太婆以前還找人追殺我……嗚！」

雙頰二手反轉攻擊，壺麗說不下去了。而英娜連聲道歉加簡短道別後，趕快先把這偽娘抓到一旁，以免她冒出更多失禮的話。

看著兩個小孩吵吵鬧鬧，哈邁古笑得合不攏嘴。但一轉頭，卻用凌厲的眼神盯著英家老爺。

哈邁古：「好久不見，鬼影司！」

英家老爺：「果然是妳！之前因為蒙面，沒人知道原來妳是阿泰雅族人，而且還是大巫師！」

哈邁古：「你不也一樣？雖然面貌變了，但那股氣息是騙不了我的。那個漢人法師呢？還活著嗎？」

英家老爺：「廖綸璣兄早已去世了，她的女兒後來成了英娜的母親……」

「那廖綸璣救走的就是中興王的巫女沒錯吧？」

哈邁古此時的眼光更顯冷峻：「別想騙我！當年兵敗而失散時，那女子早已懷孕。如今我確定她就是前二代的血脈女主，也就英娜小姐的外祖母。就算你否認，但英娜的外祖父……就是……」

「你們漢人的中興王——朱一貴！」

回頭看了一眼還在吵鬧，沒有發現老人們對話的小孩。哈邁古悠悠說道：

「血脈會尋找歷代最強的男人。直到最後才集結傳承的精華而誕生歿世之王！所以為了能讓人類度過劫難，現在需要漢人的血脈嗎？」

說完哈邁古不由得抬頭望向茫茫星塵，上天之意難以參透。

而英家老爺卻是低頭回憶著當年的故事，一時間熱血和酸楚湧上，眼眶竟濕潤一片。

但二人再也沒說一句話，一走一留，讓思念消散於兩個小孩的嬉鬧聲中。

結尾

這一晚在千里之遠，大海的另一頭。

北京城乃是東方大國首都，在這時代可謂世上最壯麗的城市，處處留露出睥睨世間的皇城風範。而今夜的紫禁城，卻是瀰漫著凝重氣息。

帝國的主人，乾隆皇帝！此時一臉憤怒地看著跪在前方的二人。

近一點的正是秩休的大學士、青八旗的領導者——林碧山。

而身分較低的弟子晉安，則跪在較遠的後方。

乾隆皇帝：「所以朕特准成立的青八旗，在第一次出擊就全軍覆沒了？」

那是威震天下、順者生、逆者亡的無上威壓！天子之怒！

不但林碧山與晉安深深地伏趴在地，一點也不敢動彈。連身旁二位奉旨免跪的軍機大臣，也嚇的退在一旁不敢出聲。

但聽的乾隆幾次沉重的深呼吸之後，隨手拿茶杯，啐了幾口後。才終於回復了平穩說道：「張廷玉、鄂爾泰……你們怎麼看！」

由於這國家的組成，是以少數的滿族統治多數的漢族。因此諸多職務，如六部尚書、各地監察御史等等，都是滿、漢官員各有一人。除了體現皇帝對各族群統治的平等之外，也避免單一族群的偏見。

因此滿人的軍機大臣鄂爾泰首先發言：「雖是海外彈丸之地，但清剿分裂國土的亂黨是軍人天職！臣自願帶兵渡海平亂！」

而漢人的軍機大臣、張廷玉卻接著說：

「臣有三點認為不妥。大軍未動，糧草先行。渡海路途遙遠，船艦後勤運輸不易，軍需花費極為可觀，此其一。那海島地形崎嶇，居民結構複雜。天地會叛亂一遇大軍，或是隱沒山林之中，或是混跡百姓人群。歷來清剿總難以全功，此其二。最後叛亂發生於偏遠海島，與中原平民距離甚遠。若是枉動大軍，則徒然宣告國家正處動盪之中，反而激起其他不滿分子效尤。」

鄂爾泰：「照你這樣說，豈不是任由這些狂徒逕行分裂國土的惡行？」

張廷玉：「不！朝廷需有所作為。但不以大軍莽動，而是將青八旗強化，並嚴密其組織，加強暗中行事。這一次雖然出師不利，但最後也在居民協助下擊斃叛徒首腦。此乃未來可行之路，用江湖人士結合當地居民，壓制天地會於無形。」

聽到這，乾隆皇帝也點頭說道：「張廷玉說的對。動用大軍千里征討，這群傢伙頭一縮，也很難找出來在哪。還不如用江湖人士相對更有效率。林碧山！」

聽到皇帝召喚，林碧山忙叩頭回道：「是！罪臣林碧山在此！」

乾隆皇帝：「抬起頭來，朕要問你。」

在回應萬歲後，這老學士巍顫顫地抬起頭來。佈滿皺紋的臉上，不但皮膚乾澀脫皮，點點老人斑相襯著全白的眼珠，幾乎落光的毛髮下是枯灰的頭皮，張開泛黑雙唇，口內牙齒已全脫落。

林碧山此時已快抵不住藥力的副作用，再不久生命之火就將要耗盡了。

乾隆皇帝：「這次協助你對抗赤蓮軍的，是虎茅庄那邊的墾戶嗎？」

聽到這裡，林碧山不禁暗中吞了口口水。其實自己在報告中，完全沒提到英娜與壺麗的事。雖然說不出明確的理由，卻是暗自希望英娜不要成為朝廷的目標。

於是小心的應對：「回萬歲的話。這次幸虧有郭樽墾戶以及萊崁、霄裡部落的戰士協助，才能擊退赤蓮軍等叛賊。」
鄂爾泰：「民間人士義行，協助抵抗國賊。臣奏請皇上賞賜獎勵。」
張廷玉卻說道：「若公開獎勵義行，那之前辛苦隱瞞和諧的辛苦，不都白費了？」
乾隆皇帝：「但實際上是有事發生。有百姓損失財產，也有人傷亡。即使官報不提，民間要有風聲謠傳，又如何應對？」
乾隆這問題，讓現場一時間沉默。
鄂爾泰卻忽然眼睛一亮：
「在民間的私鬥中，持武器而且情節嚴重者稱為『械鬥』。如果詔告天下現有漢族抗爭，會煽動人心。隱瞞事實又容易有謠言，更擔心紙包不住火。那在公告中著重『械鬥』的事實，卻避免提到族群認同的部分。豈不面面俱到，甚或引導輿論走向。」
張廷玉也附和：「鄂爾泰這建議極好！那島上漢番雜處，而且漳州、泉州與粵籍客家各有地盤。以後只要藉口各族群之間有利益衝突，芸芸眾生將會認為這是『治安不良』，而非『漢族反叛』。」
乾隆皇帝也覺得非常滿意：「就這麼辦！」
張廷玉／鄂爾泰：「臣遵旨！皇上萬歲、萬萬歲！」
問題似乎解決了。
但伏在地上的林碧山在聽到這結論後，卻覺得酸味在胸腔逆衝。心中則不斷念道：「這是為了朝廷利益……這是為了朝廷利益……」
理性知道規則與邏輯，過去也依此在官場沉浮。但此時心中感性，卻激盪著前所未有波濤！讓腦中昏昏沉沉，也無法仔細思考。

耳中只聽得皇帝詢問：「林碧山你怎麼看？」

林碧山：「臣懇請聖上切莫在海島上設立正音館，讓古音能自由地流傳下去。」

話一出口，君臣霎時愕然無聲！

尤其林碧山更知道是因為日有所思，因此答非所問。正想開口辯解，卻已被同族之人制止。

張廷玉：「林碧山你仔細君前失儀！聖上在問你天地會的事，怎麼胡言亂語？廣設正音館，根絕鄙俗漢語舊音，以利中央一統宣導。是先皇既定的政策！怎容你這樣質疑？」

這個質問，讓林碧山胸腹充塞一股涼氣。

張廷玉不但是漢人，也是當代大學士，更是三朝攝政丞相，理應是最清楚文化被政策殘害的人。但在現實中，卻對漢族的文化保存完全無感。甚至願意消滅漢人的古文化，只為了讓國家的運作順暢。

林碧山不禁心想：「可是朝廷不過百年吧？這些文化有數千年啊！」

心想歸心想，這位在戰場上一夫當關的高手，現在卻一點也不敢挺起身來。

幸好另有救星！皇太后忽然的招喚，讓這場會議就此終了。

然而林碧山和晉安在這一晚後，再也沒有回到北京。歷史上，並沒有記載二人的下落。

但在乾隆十四年，一本稱作《戚林八音》的聲韻書，卻在福州一地流傳。內容收錄了戚參軍與林碧山的十五音解析，並由福州人晉安集結成冊，成為了後世，以十五音為基礎，研究福州方言音韻的重要著作。

草草結束會議後，乾隆皇帝來到慈寧宮。秉退隨從之後，卻打開了書房的暗門，直通一處地底密室。昏暗的燭光，照的滿牆的詭異符咒與無法辨識的經文圖騰，都朦朦朧朧。詭異至極，但在斗室中央端坐讀書的女子，卻一身雍容奢華。連皇帝也不敢輕視。

乾隆：「母后吉祥，孩兒給您請安了。」

崇慶皇太后卻仍專心在手上的書本，書皮上端正的粗體「平臺紀略　密奏摺」七字。

一眼也沒望向乾隆說道：「這裡沒有別人。」

這是要用更親近的身分對談，乾隆不禁笑道：「是，孩兒遵旨。」

皇太后還是不抬起頭：「鑲黃旗鈕祜祿氏一族，本來已是窮途末路。即使你娘親被獻入親王府，即使生下你，也只能作低階侍妾。這一切，直到……」

皇太后說著，手掌撫摸一旁的玉如意。霎時間密室光芒萬丈！

寶氣萬千！從玉如意之中的一點激透而出：

「直到先皇康熙六十年（一七二一），藍廷珍總兵率兵平定朱一貴之亂，卻捲入了不可思議的神魔之戰！其幕僚藍鼎元隨後奉命將所見寫成『平臺紀略　密奏摺』，並另外擬造一本『平臺紀略』來愚弄大眾、掩蓋事實。你父皇有先見之明，收買了藍家二人。同時得到了這個寶物。對其他人並沒有用，但是到了本娘娘手上！」

說著，伸手一揮。光芒卻像是流水一般，被引導著漫過四周。牆上的符咒與經文立刻開始發出光亮。

皇太后更是顯露貪婪神情，連手上的書掉在地下都沒發現：

「根據資料，這寶物被島上漢人稱為『人神契約』！有了這寶物，鈕祜祿氏一族的法術終於能再度驅動，更到前所未有的境界！本娘娘最後終於能夠輔佐你父皇登基，也將唯一的兒子推上了皇位！皇上阿、據說這人神契約有十三顆。拿到全部！皇上必然成為有史以來，最有權威的帝王！甚至長生不老，青春永駐！都不再是夢想！吾皇萬歲、萬歲、萬萬！」

皇太后盯著被封在玉如意中的人神契約，如癡如醉。

乾隆卻撿起地上的書，仔細端詳其內容，心想：

「若傳說屬實。這人神契約只會在命運到時，才出現在命定的人手中。那這顆人神契約在等誰？難道真的會引導命運的戰士，到那海島對抗邪惡嗎？」

未來命運，仍在迷霧之中。人神契約在大海的那一頭，等待著……

◆

又過了不久，一封官方公文由北京送到了郭樽。竟是之前林碧山所留下公文的追認，完全確認了文件的效力。這下郭光天想輸出物產致富的計畫，可說萬事俱備了。當晚擺出了流水席，犒賞郭樽全體並宴請四鄰鄉親。

在宴席上，郭光天高興地舉杯大喊：「在這裡敬我們的朋友林大學士！各位，老夫已能預見這個印記……」

說話間，郭光天取出一面白巾。上面畫有橢圓的紅圈，內有光天二個紅字：

「這個『光天印』，未來將成為郭樽的標記！從島內深山到對岸大城，只有這光天印可以暢行無阻！

郭樽的未來、將是一片光明富裕的璀璨未來！老夫保證，各位絕對可以滿載財富、衣錦榮歸！」

對這時代的大多數漢人農工來說，可不想在這島上做一輩子的羅漢腳。那句「衣錦榮歸」可說中了所有人的心事，立刻爆出了驚天的歡呼！

雖然後代已無法找到正確的光天印樣式。但在鄉里間流傳的那句：

「郭樽光天印、一通海漢番」

卻生動的表現出郭樽當年的經營特性，是如何連結二岸。最後成為乾隆到嘉慶時期，最重要的郊戶之一。所建立的皮貨交易，其規模之大，更遺留下了「皮寮」這個地名。

而這一晚，郭光天已能預見未來的成功美景。

當然，宴會的菜就交給壺麗了，這一個就抵得上郭樽全體廚房。

而且還有餘，精心製作的一份美食，現在端到後方的房間。

英娜今晚沒有參加宴會，因為隨著定期船運送來的，還有十幾箱的書，以及林碧山的信。

遺憾無緣引導英娜小姐進修。然文字之奧妙，乃在乘載知識，超越時間與地域的隔離。只要循序漸進，老夫相信以小姐之聰慧天才，未來將無可限量

林碧山　後會無期　勿念

這等於是遺言了，讓英娜哭了一個下午。才收拾心情打開書箱，裡面典籍包羅萬象，更不乏失傳的古

書。而且每一本都有林碧山的註解，以及建議閱讀的先後順序。

未來如何完善大語符紋，就看英娜的努力了。於是連參加宴會的時間都省下，先將書籍做初步的整理。知道英娜辛苦，壺麗用燦爛的笑容說道：「主人、這是妳的餐點，連惑精也準備了黃瓜水給她。還有『那兩個』的餐點，有照醫生說的不要吃太油。」

英娜：「為什麼妳的話聽起來酸溜溜的？」

而壺麗口中的「那兩個」，則是加禮和大衣。因為還有傷在身，乾脆都不去參加宴會在這幫忙。但是大衣和別人就是處的不好，擺好餐桌之後，更一言不發，拿了食物就坐到牆角去。

壺麗：「這是我用全部的愛心下去做的喲！一起來吃嘛！」

但這大衣，瞪著壺麗居然就一句：「笨蛋！」

這實在過分！壺麗哇哇大叫！

英娜更是板起臉來教訓：「大衣你也會說基本的漢語了。大家要一起相處，禮節也要注意。和壺麗說對不起，不然趕你走！」

大衣：「……對不起。」

英娜：「那過來吃吧，坐這邊！」

似乎對英娜很順從。但壺麗還是忿忿不平：「怎麼可以這樣說我？叫怪胎還可以接受！」

咦？標準在哪？

加禮：「妳的確古怪，但腦筋也不好啊。」

壺麗：「連加禮哥都這樣說！好過分啊！」

英娜：「其實我有時也覺得……」

壺麗：「哇！連主人也欺負人！」

少年男女，青春無猜。在餐桌上也是有說有笑。

但是大农雖然安靜的、慢慢地吃著，其實心中某種感動，也正緩緩地累積起來。

當這位大難不死的男孩在未來，獲得了這海島歷史決不會忘記的、驚天動地的名字之後。總是會不自主回憶起這段時光，在他一生驚滔駭浪中，最溫暖的回憶。

於是，在乾隆六年（一七四一），這海島的北方，誕生了二個流傳到後世的傳說。一個就是郭樽，另一個呢？馬上就說到了。

◆

在虎茅庄東北方，貼近大姑陷的台地。

客籍墾戶、薛啟隆在四年前來到這地面開墾，墾區東至龜崙（今龜山）、北達南嵌（今蘆竹）、南迄霄裡（今八德、霄裡、竹圍）。

但今晚，薛啟隆：「將所有細軟都包好，明天一早出發往許厝港。我們終於要離開這個鬼島，回到中原去了。」

當眾人正在動作時，卻有家丁慌慌張張地跑來：「外面來了好多人阿！」

在當時客家人的墾庄，大都設置有圓形土牆，後世又稱為「土樓」。

此時薛啟隆從土樓上瞭望，月光下黑壓壓的都是人。更赫然發覺：

「不是漢人！是霄裡的番眾，是『知母六』！這傢伙來討回面子了！」

不禁深深悔恨：「在郭樽和元帥廟時，都當著眾人的面公開辱罵這傢伙。明明知道對方兵強馬壯，此時要怎麼辦？」

但一轉念，卻和家丁說道：「大漢民族沒有孬種！我出去對付他，你們把門鎖好！不論發生什麼事，都不准開門。」

說完逕自開門，單身而出。與門外眾人相對，只見來人在夜中全不用火把照明，但各個目光如電，在黑暗中竟有如野獸眼睛般反射殘光，讓薛啟隆剛剛鼓起的勇氣立時削減大半。更立刻體會到了，這時代對霄裡社評價的「戰士過千，驍勇忠誠」是如何真實。

但仍是深深吸氣，更扭唇咬牙迸出一句：「知母六你這野蠻生番！想要我閉嘴嗎？儘管來啊！砍下我的頭吊起來做裝飾啊！」

「在下豈敢，先生氣魄果然堪稱漢人表率。」

幾根火把同時照亮，說話的正是知母六。一身的儒裝、黑框眼鏡罩著溫和的笑容，雙手合攏向薛啟隆盈盈拜下：「聽聞先生將要回返中原，本人於是率領全族前來，想懇求先生再次考慮合作開拓水利的提議。」

又是這個提案，薛啟隆立刻氣的滿臉通紅：「先告訴你！休想憑著人多勢眾要脅我就範！再告訴你，漢人的優秀技術……」

話說到一半，知母六卻高聲搶道：「應用在光復漢民族的大義行動之上！」

隨即笑吟吟地掏出一塊鐵令牌。

一直以來，總是盛氣凌人的薛啟隆。看到這烏沉沉的鐵令，臉色竟霎時一片慘白：「為什麼你會有這東西！這是，這是……」

知母六：「沒錯！這正是天地總會的鐵令！承蒙總會看得起，未來霄裡槍將全面支持漢民族的建國。」

「這……這怎麼可能？」

連殺頭也不怕的薛啟隆，對眼前的事態發展，竟是顯露恐懼的態度：「先不談這要是被朝廷官府抓到，可是重罪！再說，在復興漢人的大業上，怎麼可能會與生番合作呢？你、你、你這鐵令該不會是偷來的吧！」

「你不必多疑，這是千真萬確的。」

竟是女子聲音？轉頭一看，說話者走上前來。月光照印下果然是女子，赫然竟是陳蓋！

陳蓋：「熱血正漢赤蓮軍在全盤考慮戰略後，決定支持霄裡社，做為未來活動的後勤基地。也已經透過本軍和總會介紹知母六先生了，薛啟隆你還有什麼問題嗎？還是你身為會眾，卻要背棄本軍民族大義的徵招？」

沒想到這薛啟隆，竟也和天地會有所關聯！

但不論如何，這一步棋果然有效。即使在天地會系統中，這熱血正漢赤蓮軍也可算是激進派中的激進派。對於叛徒毫不留情，往往連坐滅族、趕盡殺絕的作風，讓薛啟隆也心生忌憚。

眼見薛啟隆心生動搖，知母六於是加碼說道：「這是對雙方都有利的提案。當然、酬金決不會虧待先生。」

說完手一攏，引導視線往後方看去，只見兩人手上啐著一白一綠二團柔光。仔細看去，竟是像雛雞般大小的水晶與翠玉！

知母六：「這是產自海島東南方大裂谷的玉石與水晶，薄禮不成敬意，還請先生笑納。」

這份薄禮價值不凡，讓薛啟隆也瞪大了眼睛。知母六見狀立時退開一步，霄裡部眾立時依照計畫，同時舉起了火把。

拿著水晶與翠玉的二人，竟是一對貌美女子。具都雙十年華、肌膚白皙，烏黑長髮及腰，五官輪廓深邃。明顯並非漢人血統，但臉上並無部落風俗的刺青紋面。在火光照印與寶石反射的光輝中，更顯得艷麗。

美人當前。薛啟隆先是不知所措，但隨即猜到知母六的意圖。眼中浮現某種矜持與掙扎：「禮節，要防……」

但這如何能逃過霄裡的傳奇首領？知母六立刻用帶著誘惑的語調說道：

「對於先生遠離家園，隻身到未開發之地探勘水脈的辛苦。在下更是敬佩萬分。這二位女子在得知先生的辛勞後，更是自願服侍。還希望先生能成全。」

接著要說的，就是重點了。於是凝神聚氣，雙眼更泛出一股柔和的暖光：

「漢人的倫理文化，讓本人佩服不已。但本族傳統下，女人婚前可『先通後娶』，與漢人大不相同。為免文化不同造成困擾，在下已對全族下達封口令！也對這二位解釋了漢族的家族傳統，她們絕不會造成先生的困擾。對別人說明時都會以女僕自稱，平常禮儀更會嚴守自己的分際。決不會給先生造成任何困擾。還請先生能成全。」

說著手再一揮，霄裡眾人竟是全體跪下，但只有二位女子以標準而且清脆的漢語說道：「請先生成全。」

棍子與蜜糖並行，加上奇異的法術。薛啟隆早已腦袋昏沉，難以正常言語了。只一雙眼睛卻盯著二位美女，好一會才說道：「好……好、好吧。看看在下能做什麼。」

就等這句話！知母六再度揖拜到地，二位霄裡美女也同時起身道謝：「多謝先生成全。」

霄裡部眾也同時先低頭叩首，再起身鼓掌。越眾而出的，是一臉笑容的黃燕禮：「恭喜薛老闆，也恭喜霄裡的未來。」

但促成此事的霄裡首領，卻悄悄走到後方。而此時，雙眼更是閃耀著奇異的光芒。

知母六：「陳蓋，我太高興了。法力有些不受控制，幫我控制一下場面。」

看著還在恍神的薛啟隆，陳蓋不由得笑道：

「看來男人只要有人承擔責任，就會沒顧忌地亂來了。不過為何要這樣客氣？你有足夠的實力強迫他開大圳啊？」

知母六：「有的人要嚴厲對待，有的人要用懷柔，這妳不懂。先幫著黃燕禮，我冷靜一下後就回來。」

看著知母六疾行而去，陳蓋心中忽然難以言喻。

這傳奇的霄裡戰士，發現在這次事件開始時，只有薛啟隆和郭樽沒有成為赤蓮軍的攻擊目標。進而推論出這二者必然和反叛幫會有某種聯繫的結論。更利用時勢達成了有利的結局。

雖然一開始利害不同，但現在陳蓋看著這男人的身影，卻五味雜陳，心想：「那我呢？你要如何對待？」

此時迷迷糊糊的薛啟隆，萬萬沒有想到，這一晚的決定將影響未來歷史發展。不但修築的水利永遠改變了此地農業，所種植的桃樹更是繁衍茂盛。從此桃樹林印象的「桃仔園」，便逐漸替代蘆葦草的「虎茅庄」。而後世人更直接將此地直接命名為：**「桃園」**。

（薛啟隆逝於乾隆十二年，沒能回歸故鄉。葬在台中、沙鹿地區。）

而知母六遠離眾人，一路奔到能俯瞰大姑陷的山坡上。更是熱血沸騰，不由大吼：「我做到了！這裡的一切，以後都將歸霄裡所有！」

在後世學者研究霄裡歷史時，無不驚嘆其複雜性。

其子孫竟有完整的族譜，記載來自於中原山西。因遇到大水，只有砍竹做筏，歷經數月漂流至八斗子上岸的不合邏輯說法。

另一房則是記載，屬於中原河南蘭陵氏族。

在這海島被東瀛日本佔據的初期，霄裡曾被認為是客家人。

學者伊能嘉矩認為，這是屬於比漢人更早的原始住民，並首次提出「凱達格蘭族」這名詞。

而後代的學者，則普遍認為，在漢人來到之前。荷蘭人紀錄中的「Sousouly」一族，正是後來的霄裡社。認同的複雜，卻恰好反映出知母六的多變與彈性。

根據可追查的文獻，知母六在乾隆六年與薛啟隆合作，共鑿「霄裡大圳」。引水利灌溉後，其耕種的效率倍數提升，最後成為此地後世流傳不斷的那句諺語：

「吃不盡的霄裡米，看不盡的霄裡田。」
不論對錯，在後世大多部落都式微的年代，霄裡一族卻仍欣欣向榮。
就在這一晚，知母六已預見了未來的繁榮。
但就算聰明絕頂，他當時也無法想像，自己的一生將是如此傳奇。
在未來，那場驚天動地的大亂結束後，乾隆皇帝召喚了知母六，並對其見識與勇氣表示欽佩，希望能留他在京城，許以高官厚祿。
只是年輕時嚮往名利的貪婪已經不再，知母六只想回到故鄉，長伴去世的摯愛墓旁，終此餘生。
竟然當眾拒絕了皇帝的邀請，周圍群臣憤怒，認為無禮。
熟知內情的乾隆皇帝卻能理解，於是給與相對的賞賜。更將其摯愛之名，融合其故鄉之名，賜給了知母六在後世流傳的漢名：「**蕭那英**」。
日後霄裡子孫參與戰役計有：

乾隆六十年，陳周全之亂。
嘉慶初期，蔡牽之亂。
道光年間閩粵械鬥。
道光二十一年，中英戰爭、淡北三屯守基隆。
同治年間，戴潮春之亂。
光緒年間，開山撫番。

在歷史上常站在朝廷一方，成為海島北方在地安定的力量。

後世有海防大臣、沈葆楨，讚譽霄裡「驍勇忠誠」。

然而在故事的乾隆六年時，年輕的知母六還意氣風發，執著於追求名利，追求人生更大的目標。

知母六：「雖然前途一片光明！但和英娜小姐比較，還是微不足道。如果能娶得小姐，並留下女兒。那就是說……未來歿世的王，將是我……」

想到這裡、不由得全身熱血沸騰、大喊：

「霄裡、知母六的血脈！」

響聲傳遍四周，知母六熱血沸騰！摘下了眼前封印禁制的鏡片，任由一股不可思議的力量張狂在夜空之中。

全書完

台灣小事典

大肚王國簡史

一六二四年　荷蘭人佔領台灣，原意只作為貿易轉口站

一六二九年　Hans Putmans就任總督後拓展在地勢力，才開始與原住民有所接觸。

一六三八年　Johan van der Burg總督記載，在台灣中部有一跨部落的王國。

主要勢力範圍在今日台中、彰化、南投一帶。

其王國中心在大肚溪流域。荷蘭原文書寫，Koninkrijk Middag，意即為大肚王國。有記載的國王有二位：Camachat Aslamie（荷蘭文）/ Camachat Maloe（荷蘭文）（中文譯音：甘仔轄・阿拉米和甘仔轄・馬祿，取材自維基百科）

記載中在地部落原因稱其王為「Lelien」意為白晝之王，荷蘭文獻也已「Keizer van Middag」記載（意義相同）。（Camachat也就是平埔族、巴布拉族人（Papora）族語的別稱）

一六四四年　十月 François Caron總督命令Piter Boon上尉攻打大肚王國領地，卻遭遇平埔族巴布拉族人（Papora）抵抗。

一六四五年　再攻，大肚王國戰敗，Camachat（巴布拉族） Aslamie（阿拉米）是在四月三日下午抵達大員，由牧師Joost van Bergen調停，雙方簽訂合約，Camachat Aslamie並接受東印度公司的籐杖與賞賜，

一六四八年　Camacht Aslamie於逝世，由Camachat Maloe繼任

一六六一年　鄭成功登陸後，便與大肚王國諸社發生激烈衝突。

一六七〇年　大肚王國轄下的沙轆社遭東寧將領劉國軒屠殺，僅剩六人，史稱劉國軒屠村事件。

最後可信記載：

一七三一年　（雍正九年）發生大甲西社番亂，以頭目、林武力為首。戰鬥持續一年後兵敗。至此大肚勢

力終於完全崩解，漢人首次掌握全島治權。

謎樣的王世傑小傳

西元一六六一年（永曆十五年）王世傑出生，祖籍金門

西元一六六二年（永曆十六年）荷蘭人兵敗，鄭成功佔領台灣。

西元一六七四年（康熙十三年）三籓之亂期間。鄭成功之子、鄭經出兵支持耿精忠。王世傑也在此時加入鄭軍。並在戰亂後（一說在一六八一年、康熙十九年）隨軍來到台灣。

一、開拓新竹的時間爭議

王世傑無疑是開拓新竹的第一位漢人。民間一般說法是鄭成功之孫鄭克塽（號延平王）在西元一六八一年（康熙二十年）即位時，台灣北方的原住民興兵反抗。王世傑運糧有功，因此鄭克塽賜開墾權力，範圍則准以跑馬驅馳起止的路線為界，刮地墾荒（亦稱跑馬定界）

但這一段筆者無法找到確實的明證，先在此定為民間傳說。較正式說法有二：

一為一九七二年時台灣新竹縣政府依照「康熙三十年」的說法，建「新竹開拓二百八十年紀念碑」；

二是現代學者、張德南考據（王世傑古墓碑文初探），認為應在一七一八年（康熙五十七年）前後。

筆者認為這二種說法都有問題，留待學者研究。

二、死亡的爭議

各家考據中，對於死因與時間都有爭議。在新竹的王氏族譜中，同時出現了：「卒於康熙六十年」、「回歸祖藉別世，享壽九十三」二種矛盾說法。前者主要文獻來自《紀竹塹埔》（藍鼎元　著）：

竹塹埔寬長百里……野番出沒，伏草莽以伺殺人，割首級。」等描述。據信便是描述王世傑在巡看圳道，被伏於草莽之中的原住民割去首級的情事。族人尋獲無頭遺體，於是鑄造金屬頭，與遺體於金門太武山（文中留金頭顱在太武山上）。

今日（二〇一七年）金門王家的古厝與古墓都已被指定為文化遺產。至於以九十三歲高齡（計算上應是一七五二年、乾隆十八年），死於祖籍（金門）的說法，則有王世傑於一七四八年（乾隆十三年）捐獻淡水廳城隍廟及內天后宮的佐證。

無論如何，王世傑以「暗街仔」為中心（新竹市東前街三十六巷）為中心，最後拓展成「為田數千甲、歲入穀數萬石」的規模。確實是漢人在新竹一地開墾的先驅。

泰雅族文化補充

一、簡介

雖然在起源一說上有所爭議，泰雅族在台灣可考證的活動歷史，可回朔到西元前三千年左右。在一些考古學者的研究中，泰雅族極可能是台灣最古老的族群。其分布區域遍及台灣北部山區。二〇一五年時人口約八萬六千多，是台灣第二大原住民族群。

但其分支卻非常複雜，語系眾多而且很難互通。

語言學者費羅禮Raleigh Ferrell在其著作《台灣土著族的文化、語言分類探究》中，曾比對賽考列克（Sekolek、Sekoleq）與賽德克亞族（Sedek、Seediq）的用語。其相似度高四六%，但二大語系之間卻無法共通。

作者以二〇一五年的資料列表如下：

種族	語系	方言群	備註
泰雅族	泰雅亞族（Atayal）	澤敖列（Tseole、s'uli）	馬巴阿拉亞群（Mabaala）：南澳群、馬巴阿拉群、萬大群 馬巴諾亞群（Mapanox）：汶水群、北勢群、南勢群 莫拿玻亞群（Menebo）：南澳群 莫里拉亞群（Mererax）：鹿場群、大湖群、加拉排群
		賽考列克（Sekolek、Sekoleq、squliq）	馬卡納奇亞群（Makanaji）：福骨群（Xalut/白狗群）、石加路群、金那基群、大嵙崁群、南澳群 馬列巴亞群（Malepa）：屈尺群、大嵙崁群、卡奧灣群、溪頭群、司加耶武群 馬里闊丸亞群（Malikoan）：馬里闊丸群、闊武督群
		道澤群（Toda）	在2015年的維基百科（Wikipedia上列為「澤敖列（Tseole）」方言群內的一支

種族	語系	方言群	備註
泰雅族	賽德克亞族（Sedek、Seediq）	德奇塔雅群（Tgidaya又譯為「德克達雅群（Seejiq Tgdaya）」）	
		托魯閣群（Truku又譯太魯閣群「Sejiq Truku」、德魯固群）	2004年1月，基於自我族群認同，太魯閣人登記為「太魯閣族」成為台灣的第十二個原住民族。主要在花蓮縣秀林鄉、萬榮鄉與卓溪鄉
資料來源：國立台灣史前文化博物館／原住民數位博物館			

二、分裂

二〇〇四年時，主要在花蓮縣秀林鄉、萬榮鄉與卓溪鄉的Sejiq Truku群族人。基於基於自我族群認同，登記為「太魯閣族」，成為台灣的第十二個原住民族。

三、文化特色

泰雅一族崇尚強大的武士，在過去會進行「出草」的狩獵掠奪行為。出草的戰士會砍下敵人的頭顱，放在稱為sakaw tunux的人頭架上。通常這人頭架，只會設置在族長（mrhuw）的屋子旁。架上人頭越多，表示這部族越強大！

獵頭多者會獲得ngarux na tayal的稱號，也就是「熊之勇者」！

四、紋面

泰雅傳統上，男女都有進行稱為ptasan的紋面傳統。男子紋在臉面的前額及下顎，而女子紋在前額及臉頰。也因此清代的文獻常稱泰雅族為「王字番」或「黥面番」。

泰雅的戰士如能獵頭十個，則能在胸前乳下刺上橫條紋的紋身一對。獵頭二十個刺二對，如能獵頭三十個，不但能獲得最高榮譽的第三對紋身，而且能獲得「pintaqabongan或pintagaboan」的尊號。

五、嘎嘎（gaga）的祖訓

在泰雅族中，名為gaga的習慣法與今日的法律有相等的效力。凡觸犯著都未受到對等的逞罰。一般認為拉塔姆、布塔（Rakame Buta）和拉塔姆、尤巴斯（Rakame Yabox），制定了稱為嘎嘎（gaga）的祖訓。

六、貝珠衣

貝珠衣是用上萬顆磨成小顆粒的白貝珠，綴於麻織布上做成。堪稱現有台灣原住民服飾中，最貴重的衣服。只有族長與勇士才能在特定的儀式中穿戴。一般重約四公斤，曾經被當作貨幣使用。

七、巫術與巫醫

在泰雅的傳統醫療文化中。巫醫（hmgup）施行白巫術（hamagup）救治病人。但相對的黑巫（mahuni）便是邪惡的，甚至有吃人心、肝的傳說。

但有趣的是，在傳統中，二者都由「女性」來擔當。也有的部落傳說故事中，二者皆為一人。

但通常巫醫與黑巫是對立的，巫醫能利用「夢占」知道黑巫的隱藏身分。一旦黑巫的身分曝光，泰雅族往往招集眾人圍剿。因為一人去對抗黑巫，危險性極大。

八、人神契約

原音為「sinonan na utux ru squliq」、漢語稱為「人神契約」，是泰雅族特有的文化傳統。說是人類與神靈間定下的契約，泰雅也有以各種儀式，遵照契約進行的占卜行為。

釀奇幻08　PG1781

寶島歷史輕奇幻：
祕符承傳歿世脈

作　　者　台嶼符紋籙
插　　畫　臨風聽水
責任編輯　徐佑驊
圖文排版　楊家齊
封面設計　王嵩賀

出版策劃　釀出版
製作發行　秀威資訊科技股份有限公司
114 台北市內湖區瑞光路76巷65號1樓
電話：+886-2-2796-3638　傳真：+886-2-2796-1377
服務信箱：service@showwe.com.tw
http://www.showwe.com.tw
郵政劃撥　19563868　戶名：秀威資訊科技股份有限公司
展售門市　國家書店【松江門市】
104 台北市中山區松江路209號1樓
電話：+886-2-2518-0207　傳真：+886-2-2518-0778
網路訂購　秀威網路書店：http://www.bodbooks.com.tw
國家網路書店：http://www.govbooks.com.tw
法律顧問　毛國樑　律師
總 經 銷　聯合發行股份有限公司
231新北市新店區寶橋路235巷6弄6號4F
電話：+886-2-2917-8022　傳真：+886-2-2915-6275

出版日期　2017年5月　BOD一版
定　　價　280元

Printed in Taiwan

國家圖書館出版品預行編目

寶島歷史輕奇幻：祕符承傳歿世脈 / 台嶼符紋錄
著. -- 一版. -- 臺北市 : 釀出版, 2017.05
面； 公分. -- (釀奇幻 ; 8)
BOD版
ISBN 978-986-445-203-3(平裝)

863.57 106006627

讀者回函卡

感謝您購買本書，為提升服務品質，請填妥以下資料，將讀者回函卡直接寄回或傳真本公司，收到您的寶貴意見後，我們會收藏記錄及檢討，謝謝！

如您需要了解本公司最新出版書目、購書優惠或企劃活動，歡迎您上網查詢或下載相關資料：http:// www.showwe.com.tw

您購買的書名：________________________________

出生日期：________年________月________日

學歷：□高中（含）以下　□大專　□研究所（含）以上

職業：□製造業　□金融業　□資訊業　□軍警　□傳播業　□自由業

□服務業　□公務員　□教職　□學生　□家管　□其它______

購書地點：□網路書店　□實體書店　□書展　□郵購　□贈閱　□其他

您從何得知本書的消息？

□網路書店　□實體書店　□網路搜尋　□電子報　□書訊　□雜誌

□傳播媒體　□親友推薦　□網站推薦　□部落格　□其他__________

您對本書的評價：（請填代號　1.非常滿意　2.滿意　3.尚可　4.再改進）

封面設計____　版面編排____　內容____　文／譯筆____　價格____

讀完書後您覺得：

□很有收穫　□有收穫　□收穫不多　□沒收穫

對我們的建議：________________________________

____

____

____

請貼
郵票

11466
台北市內湖區瑞光路 76 巷 65 號 1 樓
秀威資訊科技股份有限公司 收
BOD 數位出版事業部

（請沿線對折寄回，謝謝！）

姓　　名：__________　年齡：______　性別：□女　□男

郵遞區號：□□□□□

地　　址：__________________________

聯絡電話：(日)__________　(夜)__________

E-mail：__________________________